LITTLE JOE OTTER

小水獭乔

[美] 桑顿·W.伯吉斯 著　　韩晓 译

中国画报出版社·北京

图书在版编目（CIP）数据

小水獭乔／(美)伯吉斯著；韩晓译. -- 北京：中国画报出版社，2018.4
ISBN 978-7-5146-1498-5

Ⅰ.①小… Ⅱ.①伯… ②韩… Ⅲ.①童话—美国—现代 Ⅳ.①I712.88

中国版本图书馆CIP数据核字(2017)第321205号

小水獭乔

[美]桑顿·W.伯吉斯 著　　韩晓 译

出 版 人：于九涛
责任编辑：赵　菁
版式设计：詹方圆
责任印制：焦　洋

出版发行：中国画报出版社
地　　址：中国北京市海淀区车公庄西路33号　邮编：100048
发 行 部：010-68469781　010-68414683（传真）
总编室兼传真：010-88417359　版权部：010-88417359

开　　本：32开（787mm×1092mm）
印　　张：6.75
字　　数：80千字
版　　次：2018年4月第1版　2018年4月第1次印刷
印　　刷：三河市文通印刷包装有限公司
书　　号：ISBN 978-7-5146-1498-5
定　　价：25.00元

出版说明

为了使读者朋友们全面了解这套动物小说，特作如下说明。

关于作者： 桑顿·W. 伯吉斯（1874—1965）是美国国宝级儿童文学大师，世界三大动物小说大师之一。另外两位动物小说大师是欧内斯特·汤普森·西顿和亚瑟·贝雷。

桑顿·W. 伯吉斯的动物小说主打"温情"，欧内斯特·汤普森·西顿的动物小说主打"悲情"，亚瑟·贝雷的动物小说主打"恩情"。三种动物小说风格各异，蔚为大观，共同构成了20世纪前半叶世界动物小说的美丽画卷，促成了20世纪50年代后动物小说流派的开枝散叶和开花结果。动物小说创作的兴起和发展，赖此三子；动物小说的受欢迎和热销，亦赖此三子！

1874年2月14日，桑顿·W. 伯吉斯生于马萨诸塞州的桑威奇。同年，他的父亲病逝。从此，他与母亲相依为命，母子二人生活清苦。童年时，他就放牛，摘野草莓，收野浆果，从池塘里运水莲，卖糖果，抓麝鼠……

桑顿·W. 伯吉斯的第一位雇主是威廉·C. 奇普曼。威廉·C. 奇普曼的居住地遍布森林和沼泽，是野生动物生活的天堂。优美的环境深深地印在小伯吉斯的脑海里，后来激发了他无限的创作灵感。他的作品中的许多地点，譬如哈哈溪、微笑池塘、格林森林、格林牧场、蔷薇丛等，莫不与其童年的经历有关。

1891年，桑顿·W.伯吉斯毕业于桑威奇高中。1892年到1893年，他在波士顿一所商科学校短暂学习过一段时间。不过，他对商科不感兴趣，一心想成为作家。最后，他选择了菲尔普斯出版公司（Phelps Publishing Company），担任编辑助理。

1905年，桑顿·W.伯吉斯与妮娜·奥斯本喜结连理。遗憾的是，一年后，妮娜·奥斯本去世了，留下一子。据说，桑顿·W.伯吉斯之所以创作动物小说，是因为他想通过给儿子讲故事，陪儿子长大。1911年，桑顿·W.伯吉斯再婚。他的妻子叫范妮。范妮结过一次婚，嫁给桑顿·W.伯吉斯时已经是两个孩子的母亲了。1925年，夫妇二人在马萨诸塞州的汉普登买了一所房子。桑顿·W.伯吉斯在这里一住就是三十二年，直到1957年。其间，他常回桑威奇。他经常说，桑威奇是他的精神家园。桑威奇的经历，桑威奇的熟人，都强化了他的创作志趣，促进了他的文学风格的形成。五十年来，他笔耕不辍，著作等身，其中出版的动物小说就达一百七十种，为日报专栏写的动物小说故事更多了，超过了一万五千篇。1960年，桑顿·W.伯吉斯最后一本书《业余自然主义者自传》（*Autobiography of an Amateur Naturalist*）面世，讲述了他从懵懂顽童走向文学生涯巅峰的故事。1965年6月5日，桑顿·W.伯吉斯病逝，享寿九十一岁。

关于作品：本次出版桑顿·W.伯吉斯的作品共十二册，分别是《快乐的松鼠杰克》、《兔子彼得夫人》、《狐狸奶奶》、《猎犬鲍泽》、《大熊巴斯特的双胞胎》、《麝鼠杰里在微笑池塘》、《乌鸦布雷奇》、《水貂比利》、《小水獭乔》、《森林鼠怀特富特》、《长腿苍鹭》和《鹿莱特富特》。每本书都以一个小动物为主题,讲述了跌宕起伏的冒险故事,演绎了"温情"这个主旋律。无论主角还是配角,都向往"公平"和"友好"。大自然母亲,西风妈妈和她的孩子们——快乐的小微风,太阳公公,月亮婆婆,北风哥哥和冰霜杰克等配角莫不如此,更不用说快乐的松鼠杰克等主角了。此外,伯吉斯将"环保理念"融入了小说。随着伯吉斯动物小说影响的不断扩大,"环保理念"进入千家万户,积极地推动了20世纪50年代后环保主义、自然保护主义和可持续发展主义的兴起。

关于版本: 本书依据纽约格罗塞&邓拉普(GROSSET & DUNLAP)出版公司的版本翻译而成。

关于丛书的影响: (一)多语种出版,全欧美畅销。桑顿·W.伯吉斯生前及去世后,其作品被翻译成德语、法语、意大利语、西班牙语、瑞典语、盖尔语等十多个语种,据说,总销量已经超过一亿册。(二)桑顿·W.伯吉斯的作品中的主角"兔子彼得"(由哈里森·卡迪创作)与比阿特丽斯·波特创作的"彼得兔"一争高下。桑顿·W.伯吉斯说:"比阿特丽克斯·波特创作的'彼得兔'形象名扬全世界,而我和哈里森·卡迪创作的'兔子彼得'同样深入人心。"(三)自然广播联盟近五十年大力推荐,美国三十个州数千万人受益匪浅。从1912年开始,桑顿·W.伯吉斯通过自然广播联盟播出他的动物小说,美国三十个州数千万人收听,深受父母和老师们好评。(四)推进动物小说在美国的普及,桑顿·W.伯吉斯荣膺"世界三大动物小说大师之一"的美誉。五十年辛苦不寻常,他的"温情"动物小说与世界另外两位动物小说大师西顿和贝雷的作品分庭抗礼,不分伯仲。(五)促进了环保理念在美国上下的普及。《迁徙性野生动物保护法》诞生,桑顿·W.伯吉斯功不可没。以保护土壤为目标的"格林森林俱乐部"(The Green Meadow Club)和以保护野生动物为目标的"睡前故事俱乐部"(The Bedtime Stories Club)的成立,离不开桑顿·W.伯吉斯的努力。(六)荣获波士顿科学博物馆(Museum of Science, Boston)金奖和永久性野生动物保护(Permanent Wildlife Protection Fund)特殊贡献奖两项大奖。

关于译者: 本书译者为西安科技大学李黎老师与王立言老师、兰州交通大学的王宝老师与赵娟丽老师、陇东学院的韩晓老师以及资深翻译王清老师。其中,李黎老师翻译了《快乐的松鼠杰克》《兔子彼得夫人》,赵娟丽老师翻译了《水貂比利》《麝鼠杰里在微笑池塘》《长腿苍鹭》,王宝老师翻译了《乌鸦布雷奇》《大熊巴斯特的双胞胎》《森林鼠怀特富特》《鹿莱特富特》,王立言老师翻译了《猎犬鲍泽》,韩晓老师翻译了《小水獭乔》,王清老师翻译了《狐狸奶奶》……各位老师治学严谨,译笔优美,为确保本书的质量奉献良多。在此,深表敬意。

尽管出版前我们做了许多工作,然而不足之处实难避免,欢迎读者朋友们批评指正。

目 录

- 第一章 小水獭乔的恶作剧……002
- 第二章 寻找小水獭乔的家……008
- 第三章 小水獭乔的家……014
- 第四章 兔子彼得的新发现……020
- 第五章 格林森林里的学校……026
- 第六章 第一堂游泳课……034
- 第七章 玩滑梯的乐趣……040
- 第八章 钓鱼的倒霉事儿……048
- 第九章 家庭鱼宴……054
- 第十章 老郊狼……060
- 第十一章 松鸦塞米的叫声……066
- 第十二章 兔子彼得的发现……074
- 第十三章 满足好奇心……080
- 第十四章 水滑梯派对……086
- 第十五章 共识……092

第十六章 快乐的旅行……100

第十七章 山猫优乐……106

第十八章 固执的水獭妹妹……112

第十九章 水獭妹妹遭遇危险……118

第二十章 乖巧的水獭妹妹……124

第二十一章 逃命……130

第二十二章 狡猾的猎人……136

第二十三章 陷阱……142

第二十四章 小水獭乔的发现……148

第二十五章 父母的警告……154

第二十六章 愚蠢的水獭哥哥……160

第二十七章 落入陷阱……166

第二十八章 自由的代价……172

第二十九章 水獭哥哥的决定……178

第三十章 小水獭乔一家离开了……184

第三十一章 离奇失踪的大鱼……190

第三十二章 会动的雪堆……196

第三十三章 又一条鱼不见了……202

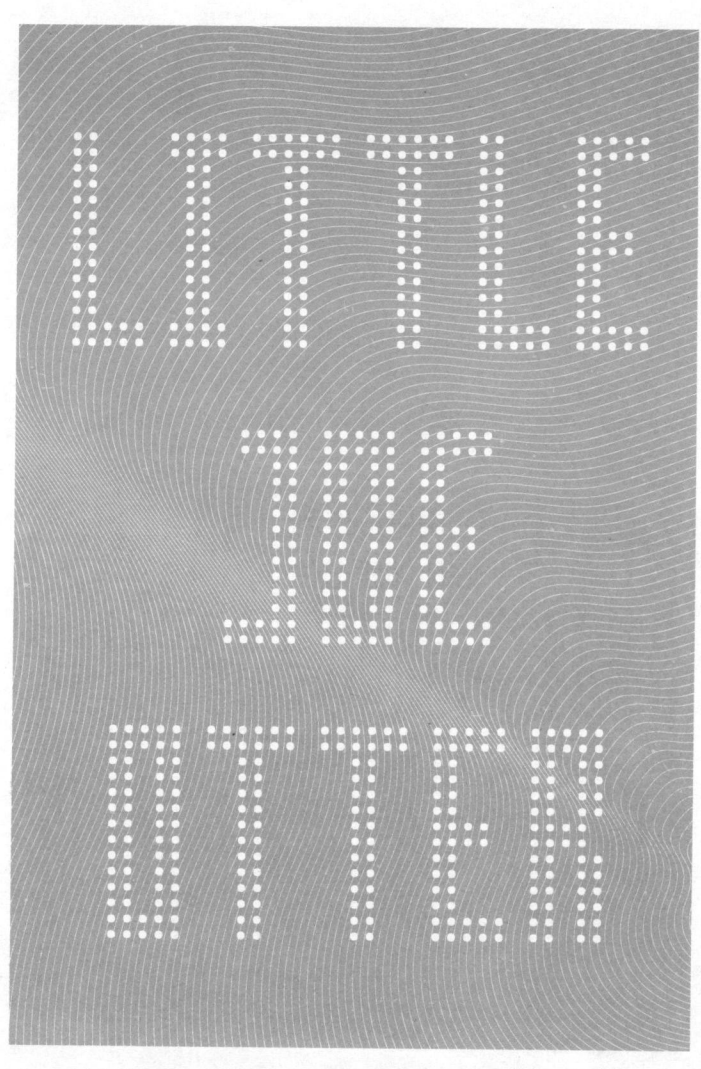

第一章
小水獭乔的恶作剧

搞搞恶作剧,
好让邻居记住你。

住在格林牧场、微笑池塘和格林森林的小动物中，小水獭乔是最令人无奈的，因为他总是会突然搞出各种恶作剧。比如说，他会突然出现，然后又突然消失。或许你刚刚才说某个地方没有人，他就会突然出现在那里，而当你正要看过去的时候，他又会突然钻入地下消失不见了。所以，几乎所有人都很难见他一面。

当你与他成为真正的朋友、和他相熟起来之后，你就会更加无奈了，因为他特别爱搞恶作剧、特别喜欢玩。冬天，他要么在冰面下游泳，要么在冰面上滑雪；夏天，他总是在泥堆里玩泥巴。他特别擅长游泳，住在微笑池塘的那些动物都比不过他。因为特别擅长游泳,所以,他便可以借此搞很多恶作剧。还有,你别看他腿短,有时候他可以走很远的路——其实,他比大多数邻居都了解他们所生活的这个世界。

当他潜入水底的时候,那些陆地上的邻居们根本不知道他去了哪里,也根本不知道他在做什么。水貂比利和麝鼠杰里算是特别了解他的两个人了,尽管如此,他们也无法确定他的具体动向。

今年春天,兔子彼得非常想念小水獭乔。于是,他去水貂比利和麝鼠杰里那里打听小水獭乔的去向。

麝鼠杰里说:"噢!估计他又去旅游啦,至于他为什么离开微笑池塘,我就不知道了。或许你可以去大河那边看看,到了那里,也许你会发现,他正在那里捕鱼呢。"

就在他俩说话的时候,麝鼠杰里的身后突然溅起了水花。事情发生得太突然,麝鼠杰里被吓了一大跳。每次受到惊吓后,麝鼠杰里的第一反应就是潜入水底,这次他也是这么做的。当他再次浮出水面的时候,看到兔子彼得仍旧坐在微笑池塘的岸边。

麝鼠杰里问:"刚才是怎么回事?"

兔子彼得咧嘴笑了笑,说:"我也不清楚呢,刚才,我只看到了溅起的水花。"

青蛙老爷爷用低沉沙哑的声音说:"依我看,刚才的水花肯定是小水獭乔搞的恶作剧。麝鼠杰里,如果你去哈哈溪的话,就会发现小水獭乔在那里,而不是在大河。因为就在刚才,我看见那个方向的水下有个黑影。"

麝鼠杰里说:"我才不相信呢,小水獭乔已经好久没有去过微笑池塘了。如果他能安定下来该有多好啊,我总觉得整天到处流浪不是好事。他应该学我找个地方建一栋房子。"

就在他们几个说话的时候,两起水花在哈哈溪和微笑池塘的交界处溅起。兔子彼得、青蛙老爷爷、麝鼠杰里匆忙朝那个方向望去,然后你看看我、我看看你,惊讶得说不出话来。

最后,兔子彼得说:"什么?我好像看到了两个小水獭乔!"

麝鼠杰里说:"我好像也看到了两个小水獭乔!"

青蛙老爷爷若有所思地说:"我怀疑,他是故意的,你们听说过乔夫人吗?"

兔子彼得看向麝鼠杰里,麝鼠杰里也看向兔子彼得,然后,他们异口同声地说:"你觉得这是真的吗?"

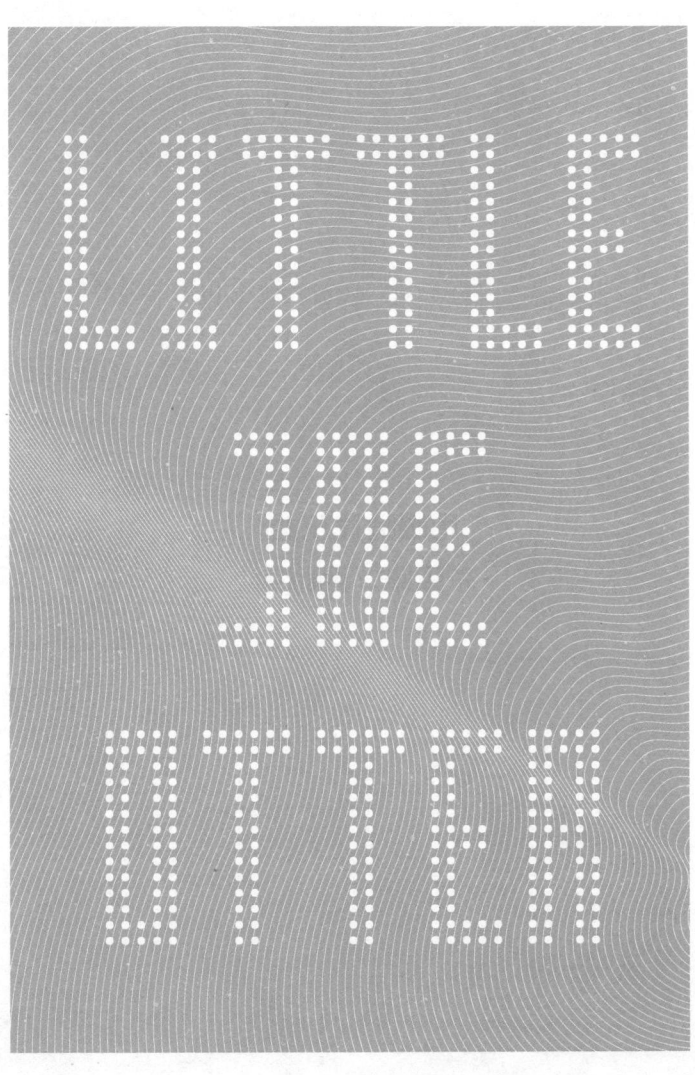

第二章
寻找小水獭乔的家

用眼睛找东西,
东瞅瞅、西瞅瞅。

没有人听说过乔夫人,不过,兔子彼得、青蛙老爷爷、麝鼠杰里却同时在哈哈溪汇入微笑池塘的地方看到两个褐色的头从水里面冒了出来。

事后,他们讨论了好长一段时间,虽然一眨眼的工夫,那两道身影就消失不见了,但他们的确看到了两个小水獭乔,这真是太奇怪了,也真是太神秘了。

之后,麝鼠杰里首先开口说:"肯定是我们的眼睛出问题啦,像小水獭乔这么不安分的家伙怎么会选择定居下来呢?而且,如果真有乔夫人的话,她又在哪里呢?"

兔子彼得兴奋地说:"我不知道,但我要去查个清楚，我要去哈哈溪找找小水獭乔的家，如果他真有家的话，我想他是不会故意躲开我的。"说完，兔子彼得就蹦蹦跳跳地离开了。

见兔子彼得已经离开，麝鼠杰里便在他身后大喊道："祝你好运，兔子彼得，如果你有什么新的发现的话，记得回来告诉我们。"

虽然兔子彼得不知道小水獭乔的家会是个什么样子，也不知道到哪里去找小水獭乔，但他真的去了哈哈溪。

兔子彼得知道麝鼠杰里有两个家——一个在岸边，一个在微笑池塘里；他知道河狸潘迪也有一个与麝鼠杰里的房子相似的房间，但河狸潘迪的房间相对更好一些；他还知道水貂比利有时会在空树洞里安家，有时又会住在灌木丛中，有时还会在树桩下休息。当然了，像水貂比利这样居无定所的情况也并非个例。

在去哈哈溪的路上，兔子彼得自言自语地说：

"大多数时候,小水獭乔都在水下,可以说,他在水下的时间甚至超过了水貂比利在水下的时间,几乎和麝鼠杰里在水下的时间相同了,所以我猜他的家应该在水边。"突然,兔子彼得的脑海中闪现出了另一个想法。他想起麝鼠杰里的房子的入口在水下,从岸上是看不见的。如果小水獭乔的家也属于这种情况,如果真是这样的话,估计他得先去干草垛里找个麦芒之类的东西帮助他在水下呼吸了。不过,兔子彼得是不会这么轻易就放弃的,于是,他跳着来到了哈哈溪的岸边,决定先搜寻一下哈哈溪岸边的洞口。

每看到一个洞穴,他都会进去仔细观察、认真检查,用鼻子嗅了又嗅——他希望能在那里闻到小水獭乔留下的气味。这样搜寻了一段时间之后,他又跨过一根圆木,跳到了哈哈溪的另一边,继续用同样的方法寻找小水獭乔的家。

虽然兔子彼得寻找得很仔细,但忙活了一阵子之后，还是什么都没有发现。正当他准备放弃的时候，听到了水声。于是，他迅速转身，碰巧看到了小水獭乔。小水獭乔的嘴里叼着一条鱼，正准备游走呢。

兔子彼得立刻大喊道:"嗨，小水獭乔，你住在这一带吗？"

虽然小水獭乔的嘴里叼着鱼，还是咧开嘴笑了笑，说:"是啊，兔子彼得，有空来我家坐坐，见一见我的妻子乔夫人。"

说完，小水獭乔便潜入水中消失了。兔子彼得坐在岸边等了很长时间，也没有见他再浮出水面。

最后，兔子彼得朝蔷薇丛走去的时候，嘀咕道:"你都没有跟我说你的家在哪里，我怎么拜访呀？"不过，随后，兔子彼得又喜滋滋地说:"但不管怎么样，我总算知道真有乔夫人这么一个人了！"

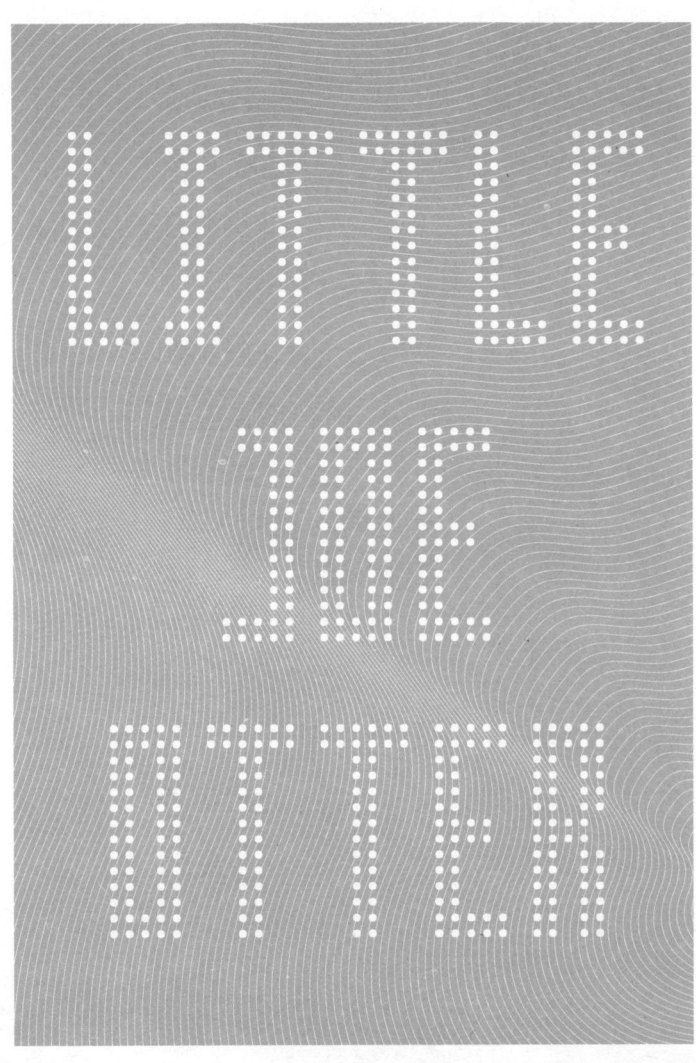

第三章
小水獭乔的家

流浪很久，
想家没有？

其实，兔子彼得不知道，他当时就坐在小水獭乔的家门口。除了他之外，格林森林里很多小家伙儿都从那里路过，但他们都不知道那里便是小水獭乔的家门口。聪明的小水獭乔做事一向周到，在安家方面也是如此。他认为，家是为居住在里面的人准备的，所以，它应该隐秘，至少不能轻易地让外人发现。

他和乔夫人是在遥远的大河里相遇的，之后，他便带着她来到了他们现在这个家所在的地方，也就是哈哈溪汇入微笑池塘的地方——一个他精挑细选的地方。

他们来到微笑池塘的时候，青蛙老爷爷、麝鼠杰里和兔子彼得正在聊天。当时,青蛙老爷爷坐在睡莲叶子上,麝鼠杰里坐在大石头上,而兔子彼得则坐在河岸上。

虽然小水獭乔和乔夫人只把头露出过水面一次,但非常巧的是,岸边的那三个人正好看到了他们。当时,小水獭乔正带着乔夫人熟悉周围的环境,因为乔夫人非常害羞,所以小水獭乔想先做完这件事,再把她介绍给自己的朋友和邻居。

小水獭乔选定的住址在哈哈溪最深的水池边,旁边就是格林森林。那里的河岸也很陡峭,上面长满了苔藓,岸上长着一棵大树,大树的根扎得很深。那里很幽静,如果他们真的在那里安家的话,他们的生活一定很有趣——这正是小水獭乔选它的原因。

来到那个地方后,乔夫人惊讶地说:"啊!我们的家就在这里吗?"

小水獭乔回答道:"没错,亲爱的,我们可以在这棵大树的两个树根之间安个后门,在水下安个前门。如果你愿意,我们可以在家门口和河岸之间做个滑梯。这里有好多鱼,足够我们吃了。"

乔夫人立刻潜到了水下。她去了很久,在那段时间里,小水獭乔在上面焦急地等待着。当她出来的时候,小水獭乔看到她非常高兴。一浮出水面,乔夫人就高兴地喊道:"简直太漂亮了,这是我见过的最美的家,亲爱的,我们现在就动工吧!"

听到乔夫人的话后,小水獭乔立刻开始着手建造他们的家。他之所以这么快就动工,是因为他害怕乔夫人反悔。他记得,土拨鼠约翰尼曾经多次和土拨鼠波莉说要在老果园一个角落的苹果树下安家,土拨鼠波莉也被说动过好多次,但最后,土拨鼠波莉却改变了主意。因此,一听完乔夫人的话,小水獭乔就说:"亲爱的,我们现在就开始。"

现在,你应该明白,之前的时候,小水獭乔为什么在水下待那么久了吧。因为小水獭乔和乔夫人正在营建自己的新家呀。首先，小水獭乔和乔夫人选定了前门的位置，接着，他们轮流工作，终于做成了一条长长的过道———一条从门口斜着一直通往卧室的过道。他们的这个卧室距水面有相当一段距离，因此，那是很温馨的一个小卧室。他们的卧室外面有个后门，后门通向大树的根部。最开始的时候，他们并没有开这个门，只是做了一个大厅。因为他们家的大门经常关着，别人从外面根本没法看到他们的家。如果他们要出去玩会儿的话，只需滑过他们的过道便可以进入池塘了。房子建成后，他们便开始过起了惬意的生活。

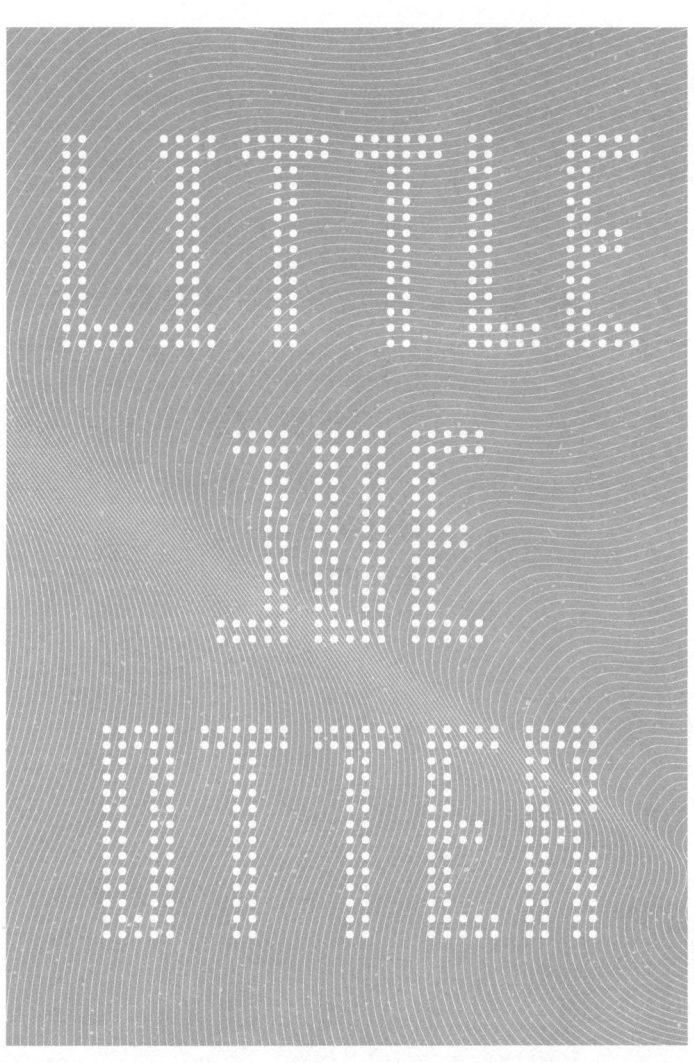

第四章
兔子彼得的新发现

好好学习,
天天向上。

自从那天小水獭乔说要邀请兔子彼得去他的家里坐坐，然后突然消失，兔子彼得便开始思考小水獭乔的家在什么地方。因此，只要一有机会，兔子彼得就会去格林森林周围转转，尝试着寻找小水獭乔的家。那时，他会在哈哈溪的河岸上跳来跳去。

某天，经过一段时间的寻找之后，兔子彼得的双脚已经有点儿疼了，因此，他便坐在一棵大树附近休息。经过这么长时间的寻找，他已经很累了，至今仍然没有收获，他都有点儿泄气了。他甚至喃喃自语道："我不相信小水獭乔有家。"

因为实在太累了，兔子彼得便靠在一个褐色的小柴堆上闭上了眼睛。不知道睡了多久,当他醒来后,发现周围非常寂静。他觉得自己又恢复了精神,而且心情特别愉悦。他决定再坐一会儿,欣赏一下周围的美景。

兔子彼得安安静静地坐在那里,好像一堆干树叶,如果不仔细观察的话,根本不知道他在那里。但实际上,他正东瞅瞅、西看看,期待着新的发现。

突然,不远处的大树根部毫无征兆地发出了窸窸窣窣的声音。因为兔子彼得的眼睛长得靠后,所以他不用扭头也可以看到那里的情况。他被眼前的景象惊呆了,不由自主地屏住呼吸、瞪大眼睛。你猜他看到了什么?他居然看到了一个棕色的小孩子正在树叶里打滚。

在此之前,兔子彼得从来没有见过这个孩子。正当他在想这是谁家的孩子时,又有一个孩子出现了。这两个孩子在树叶里打滚,把树枝当绳子一样一人抓一头，玩拔河游戏。拔河分出胜负后，输了的那个孩子便会咬获胜的那个孩子。两个孩子的动作都很粗野，但似乎越粗野，他们玩得越高兴。

兔子彼得看了很久，他的一只脚抽筋了，于是突然动了一下，弄响了地上的树叶。一眨眼的工夫，两个棕色的小孩子都不见了，好像消失在大地上一般。

兔子彼得继续坐在那里等着，期待着他们再次出现，但他们再也没有出现。兔子彼得按捺不住自己的好奇心，蹦蹦跳跳地来到了大树的根部。在那里，他发现了一个可爱的小门，并非常确定自己之前从未见过这个小门。一瞬间，他便明白那两个孩子到哪里去了。

看着小门，他自言自语道："这是谁家的孩子？"突然，一个灵感闪现在他的脑海里，于是，他立刻跳了起来，大喊道："我想，他们是小水獭乔的孩子吧！"

于是，兔子彼得立刻高高兴兴地跑回了蔷薇丛，一路上，他都沉浸在自己的伟大发现中，现在，他正准备回去告诉彼得夫人这一重大发现。

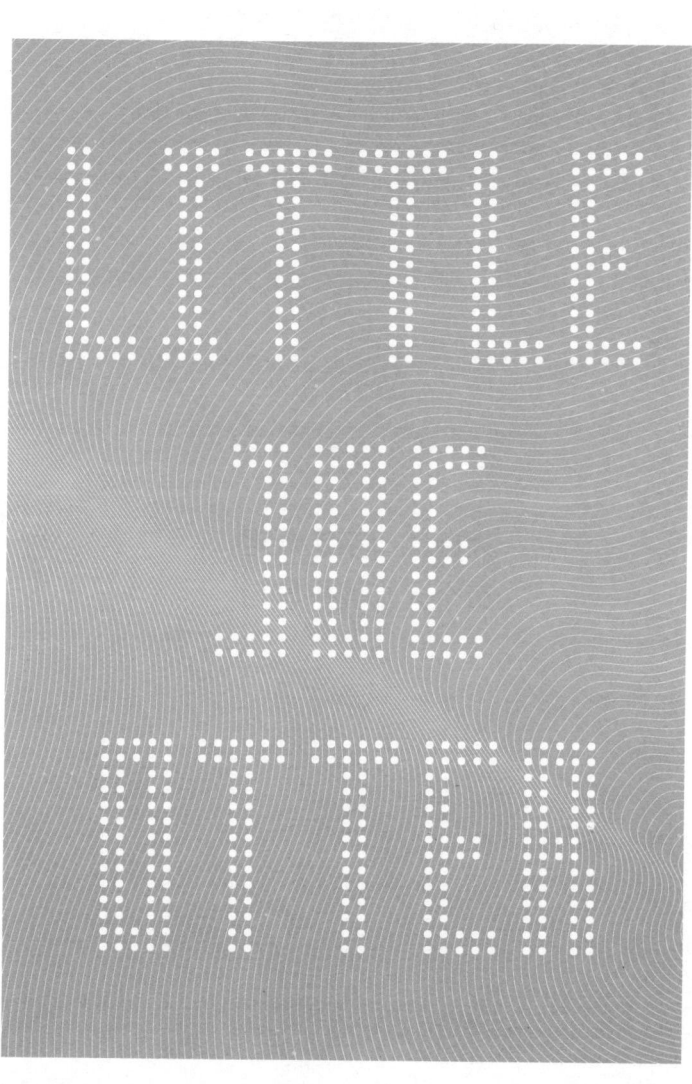

第五章
格林森林里的学校

大自然母亲定规矩,
每个人都要来学习。

自从发现了那两个奇怪的棕色小孩后,兔子彼得对格林森林的那个地方着了魔,经常不由自主地去想那里。而且,一有机会,他就会去偷偷地看那两个孩子在哈哈溪岸边的大树下玩耍。

在偷偷观察的过程中,兔子彼得尽可能地不发出任何声响,免得让那两个小家伙儿察觉到他的存在。兔子彼得发现,他们每天都会出来玩,但只要有一点儿声响,他们就会立刻消失,躲到他们安全的港湾——那个建在大树根中的家里。

一段时间后,兔子彼得发现格林森林里有个学校。他知道,在老果园里,土拨鼠约翰尼的家中有个学校;

在格林牧场里，田鼠丹尼的家中也有个学校。只要有孩子的地方就会有学校，这是大自然母亲制定的法则。

兔子彼得猜那两个孩子是小水獭乔的孩子，还真让他猜对了。在观察的过程中，兔子彼得发现，最开始的时候，那两个小家伙似乎只是在玩打滚的游戏，而且玩法真够野蛮的，兔子彼得还从来没有见过那么野蛮的玩法呢。当然了，兔子彼得不知道，那样的玩法其实是小水獭学习的过程，他们要学着如何控制他们的腿、牙齿和整个身体。

虽然兔子彼得没有见到小水獭乔或他的夫人，但彼得注意到，只要稍微有点儿风吹草动，那两个孩子便会消失不见。通过这一点，兔子彼得就知道那两个孩子的父母一定已经教过他们在小人国里生存的伟大法则了。安全第一，而且安全总是第一，这是小人国的生存法则里最重要的一条。

有一天早上，兔子彼得看到了乔夫人，她和她的两个孩子一起出来玩了。他们在一起玩得很开心,在玩拔河游戏的过程中,乔夫人拿着树枝的一头,两个孩子则抓着树枝的另一头。他们正是通过这种游戏来使自己的身体更加结实,并学习怎样才能更好地保护自己的。

随后,乔夫人带着他们来到了距树根稍微远点儿的地方,即附近的树林里。前一天晚上,狐狸雷迪刚刚从那一带经过,乔夫人便抓住这个机会,给他们看了看狐狸雷迪留下的脚印,还让他们闻了闻狐狸雷迪留下的气味。在教导孩子们的时候,乔夫人还不忘咆哮一声,这样一来,孩子们就知道狐狸是他们的敌人了,并知道要注意这样的敌人。

正当他们玩得高兴的时候,松鸦塞米突然尖叫了一声。兔子彼得很清楚这声尖叫意味着什么——松鸦塞米发现有人出现在格林森林里了。当然了,乔夫人也知道发生了什么事,她立刻带着两个孩子回了家。

由此，孩子们也都知道了松鸦发出的尖叫声是在警告有危险靠近了。

不过，还有一件事让兔子彼得难以理解。他知道小水獭乔大多时候都在水下生活，乔夫人也是一样。"他们为什么不教两个孩子学习游泳呢？我觉得游泳应该是他们首先需要掌握的本领吧。"

日子一天天过去了，那两个小孩子长得很快，但兔子彼得发现，他们始终没有离开河岸，也不靠近水边。事实上，根据观察，兔子彼得发现他们好像不喜欢水。

有时候，乔夫人或小水獭乔会给他们的孩子带些鱼回来当晚餐，有时候，乔夫人会带着他们一起去找猎物，但他们活动的范围始终都在陆地上。兔子彼得知道的事情比较多，因此，他觉得，乔夫人和小水獭乔的教育方式似乎出了问题。

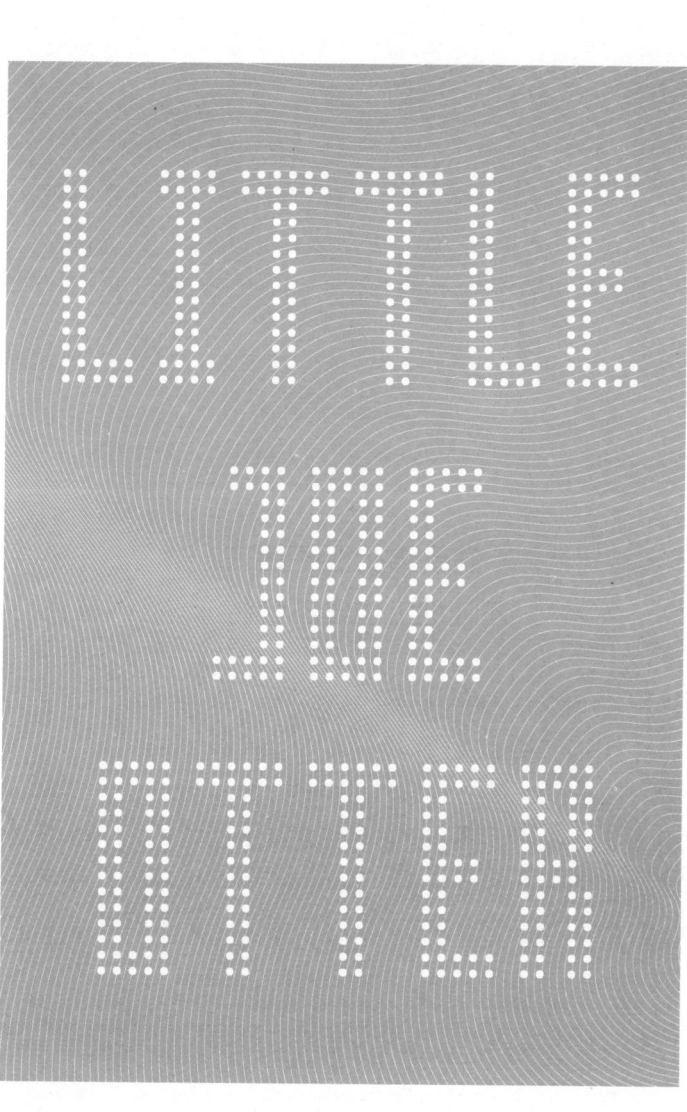

第六章
第一堂游泳课

在沙滩上漂不起来,
在陆地上也学不会游泳。

一天早上，兔子彼得去小水獭乔家那边时稍微晚了点儿。当他到达那里后，他发现他们家门口已经没有人在玩耍了。兔子彼得心想："他们准是去找猎物了，我能不能找到他们呢？"

正在这时，兔子彼得听到哈哈溪里有水花溅起的声音。于是，他小心翼翼地爬过去，找了个能看到溪里情况的地方。眼前的景象真是太有趣了！兔子彼得看到了小水獭乔和乔夫人正在水里游泳、潜水、戏水，他们的两个孩子则坐在河岸上。两个孩子的眼睛瞪得又大又圆，惊奇地看着他们的父母在水中玩耍，眼里写满了羡慕与渴望。

与此同时，兔子彼得看得真切，这两个孩子的确非常怕水，虽然小水獭乔和乔夫人在水里一个劲儿地叫他们下去，但他们就是不敢入水。

兔子彼得惊讶地发现那两个小家伙儿的脚都还没被水打湿呢。虽然乔夫人游到他们旁边，用尽了一个妈妈能使用的所有手段，但完全没效果，似乎世界上没有什么能帮他们克服对水的恐惧。

然后，兔子彼得看到，乔夫人假装很生气，她命令孩子们跟在她后面。但两个孩子先是抽泣，继而大哭，就是没有迈出那一步。最后，乔夫人又试着哄他们开心，但这个方法不如先前那么有效了。

他们怕水，没错，他们就是怕水。兔子彼得虽然不喜欢水，但在被逼无奈的时候，也是可以游泳的。同时，他不记得自己小的时候是不是如同那两个孩子一样怕水。另外，让兔子彼得不理解的是，小水獭乔和乔夫人的游泳水平在全世界都是数一数二的，但他们却无法让两个孩子下水。

最后，乔夫人和小水獭乔终于说服了一个孩子，让他骑在乔夫人的背上，然后由乔夫人背着他到水里游一圈。之后，乔夫人又游回来背上了另一个孩子。就这样，乔夫人背着两个孩子游了一圈又一圈，度过了一段愉快的时光。很明显，两个孩子都很喜欢这种方式。坐在妈妈的背上，小孩子会感觉很安全。

突然，在没有任何征兆的情况下，乔夫人一下子潜入了水底。当然了，在乔夫人潜入水底之后，她背上的孩子也到了水下。不过，一到水下，他们就立刻浮出了水面。

哎呀，这可把两个孩子吓坏了，哇哇大哭起来。他们快速地把鼻子边的水抹掉，尽可能快地拍打着水，想要离开水面。就在这时，小水獭乔和乔夫人游到了孩子们的前面。看到父母后，两个孩子用力地拍打着水面，想要游到爸爸妈妈的背上去，但小水獭乔和乔夫人总是处在孩子们够不到的前方。

不一会儿,一个孩子停止了哭泣,他好像发现了什么,呀,他发现自己在游泳,而且游泳竟然如此好玩,河水也不再像之前那么可怕了。很快,另一个孩子也有了同样的发现。

就这样,他们上完了自己的第一堂游泳课。他们发现,原来爸爸妈妈说的没有错,水真的不会伤害他们。最后,当他们连滚带爬地来到岸上,抖掉浑身的水时,他们的眼睛里流露出的全是自豪与兴奋。

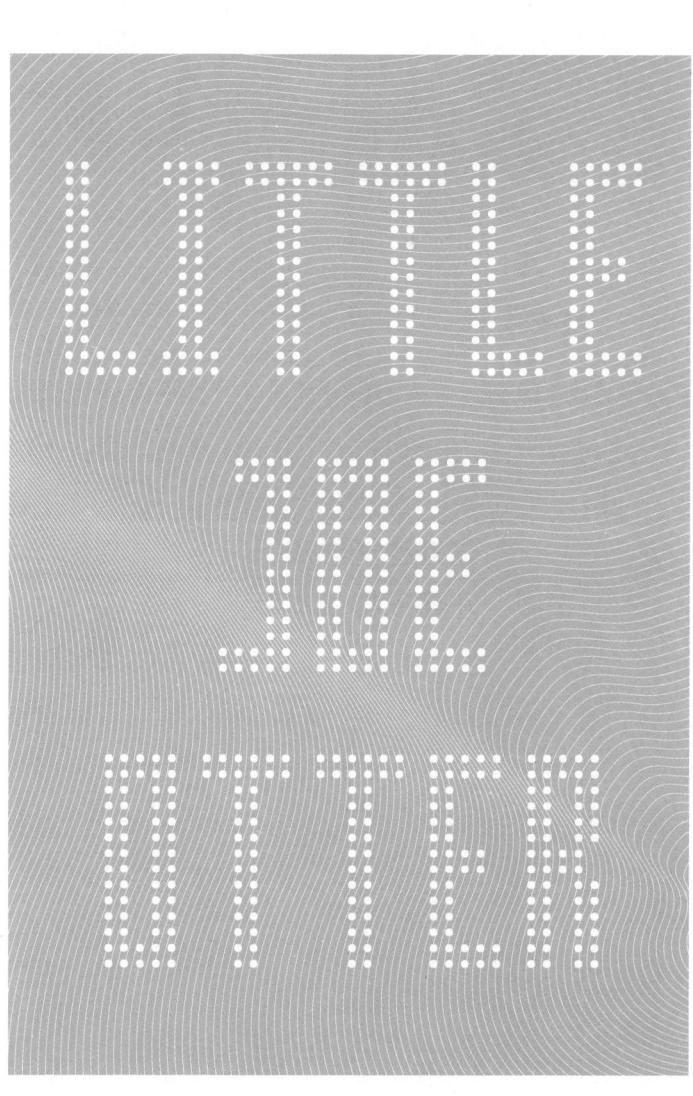

第七章
玩滑梯的乐趣

游戏也能学知识,
小事一样长本事。

虽然兔子彼得依然没有想明白小水獭乔是怎么成家并生儿育女的，但他还是把这些消息告诉了他的好朋友们。在得知这些消息后，有些胆大的朋友便到哈哈溪去一探究竟。当然了，在哈哈溪，他们尽可能地保持安静。这并不是因为他们比较害羞，而是他们清楚小水獭乔不喜欢访客，而且，他们都很害怕小水獭乔那锋利的牙齿，没有人愿意和他发生争执。

不过，松鸦塞米却不需要担心什么，因为他可以飞上树梢。不久之后，松鸦塞米发现，只要他一出现，他周围的小动物便会立刻躲起来。最后，松鸦塞米也不得不悄悄地来到那里，小心地选择一棵浓密的铁杉树,藏在树上枝叶最茂密的地方。在那里,他只能看到下面的动静,但正因如此,他看到了一场他所见过的最有趣的滑梯游戏。

那天,松鸦塞米一大早就到了那里。虽然他认识兔子彼得的孩子、土拨鼠约翰尼的孩子和田鼠丹尼的孩子,但到目前为止,他还真没见过小水獭乔的两个孩子。

当时,坐在铁杉树上朝下看的松鸦塞米很兴奋,他有种奇怪的感觉,总觉得他这趟没有白来,一定能看到一些有趣的东西,所以,他就坐在那里耐心地等待着。

格林森林的风景很美,哈哈溪里的流水涓涓而出,阳光穿过树的缝隙照进小溪里,亲吻着溪水,溪水欢快地唱着歌,流进微笑池塘。格林森林的深处传来了画眉伍德优美动听的旋律,听到画眉伍德美妙的歌声后,松鸦塞米有些嫉妒了。他想:"要是我也有那么美丽的歌喉就好了,那美丽的歌喉再配上我这身华贵的羽毛,天下就再也没有什么动物能和我相比了。"不过,他似乎忘记了一点——善良的心比美丽的歌喉、华贵的羽毛更令人向往。

河里突然溅起的水花把他带回到现实,一瞬间,他想起了自己来这里的真正目的,于是焦急地朝下看去。他看到,小水獭乔正朝着岸边游去,河岸上站着乔夫人和他们的两个孩子。乔夫人趴下身子,伸开双臂,两脚蹬地,一个前翻便滑进了水里。他们的两个孩子把头放到岸边,很想学着妈妈的样子入水,却没有那样的胆量。

乔夫人在水里喊道:"来吧,孩子们,快来呀!"说完,她又潜入了水里,在水里游来游去。虽然如此,她的两个孩子还是很害怕。这个时候,小水獭乔爬上了岸。他边说"这样子做",边重复了一下乔夫人刚才的动作。扑通一声,小水獭乔又下到了水里,再次溅起了一片水花。

其中一个孩子学着爸爸妈妈的样子摆好姿势，但还是没有下定决心迈出最后一步。就在这时，有趣的事情发生了，塞米松鸦差点儿笑出声来。一个孩子推了另一个孩子一把，一下子把那个摆好姿势的孩子推到了水里。

入水的时候，那个孩子双手乱抓，拼命地拍打着水面，顺着滑梯一样的滑坡滑了下去，除了溅起一片水花，什么也没有发生。两个孩子觉得这实在是太好玩了。塞米松鸦觉得最有趣的是那个孩子从水里浮出水面时的表情，以及他抹眼睛时的动作。可以看出，那个下过水的孩子很自豪，也很兴奋，毕竟他不再害怕水了。几分钟后，他回到岸上，再次尝试着通过滑梯下到了水里。

另一个孩子也终于鼓起勇气，尝试着第一次下水。那个先下水的孩子已经来来回回玩过五次滑梯了。

这个游戏确实好玩,玩到最后,小水獭乔一家按照小水獭乔、乔夫人、两个孩子的顺序一个接一个地滑下水去。直到他们玩累了,才到岸上休息。在此之前,小水獭乔的两个孩子真没发现在水里玩耍也是这么有趣。看着小水獭乔一家玩得如此高兴,松鸦塞米忍不住要嫉妒他们了。

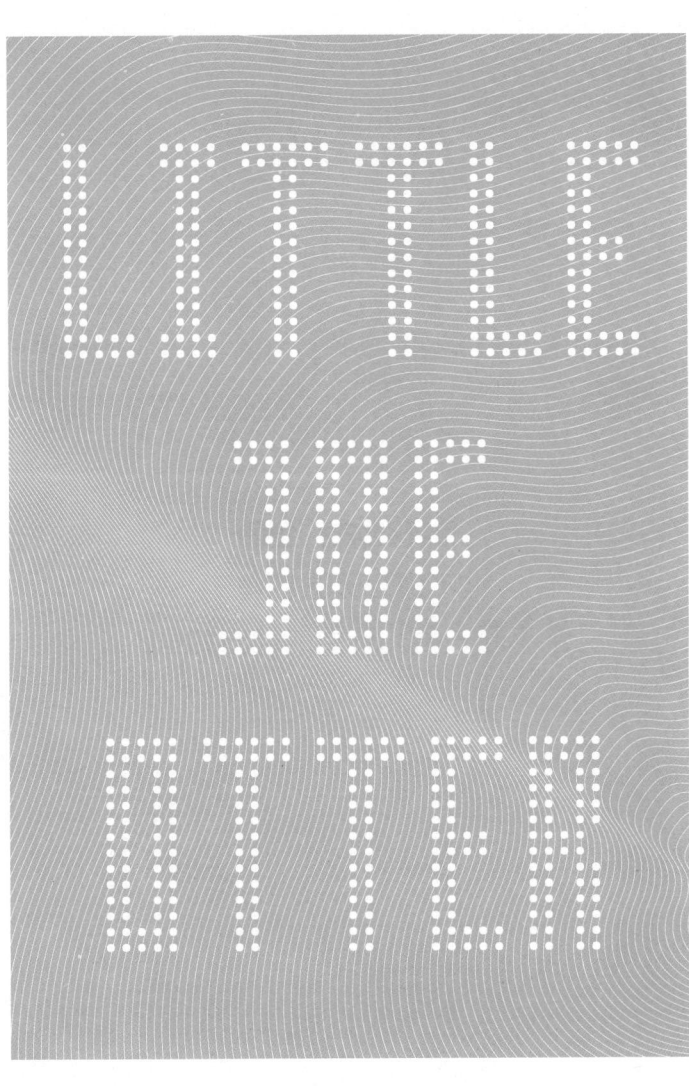

第八章
钓鱼的倒霉事儿

谁不愿去钓鱼?
谁不愿夏天去钓鱼?
谁不愿去鱼儿玩耍的地方钓鱼?

这天,农夫布朗的儿子拿着钓鱼竿和一罐虫子出发了,他准备去哈哈溪钓鱼。因为天气晴朗,所以他的心情特别舒畅。他心情好的另一个原因是,今天是他用自己的努力换来的假期。

之前的一段时间里,他在干草地里、玉米地里、菜园子里辛苦劳作,任劳任怨。作为农夫的儿子,他心里明白这些活儿必须干完。不过,今天早上,在吃早餐的时候,农夫布朗给了自己的儿子一个惊喜——一个大大的惊喜。农夫布朗告诉儿子:"今天这一天,你可以自由地安排你的时间,做你想做的任何事情。"你能想象到农夫布朗的儿子听完这些话之后的喜悦心情吗?当时,他想到的第一件事就是去钓鱼,他觉得鳟鱼们正在河里等着他呢。

现在,农夫布朗的儿子正走在通往河边的路上,他的口袋里放着干粮,这是他的午饭。在路上,心里美滋滋的他情不自禁地吹起了口哨。在穿过格林森林的时候,他觉得他看到的每个路人都像他一样快乐。

他朝着格林森林深处一块僻静的池塘走去,他认为那是个好地方,认为他一定能在那里钓到肥大的鳟鱼,因为他曾多次在清澈的池水中看到过那些鳟鱼。

到达目的地后,农夫布朗的儿子把一条大虫子放在鱼钩上,然后把鱼钩放进了水里。他觉得,他很快就可以钓到一条新鲜肥美的大鳟鱼了。他甚至自言自语道:"我想,在这个池塘里,我至少能钓到三条鱼吧。"因此,他安静、耐心地等待着鱼上钩。一段时间后,见鱼儿迟迟不上钩,农夫布朗的儿子便稍微变动了一下鱼饵的安放方向,让它变得更能吸引鱼。但仍然没有鱼上钩,农夫布朗的儿子依然一无所获。

农夫布朗的儿子咕哝道:"这也太奇怪了吧,以前我在这个池塘钓鱼的时候,可从来没有等过这么久。"虽然如此,但他还是安静、耐心地等待着,如同一个真正的好渔夫那样。可是,依然没有鱼儿上钩。眼见暂时没有事情可做,他便开始观察周围的一草一木。就在这时,他看到了光滑的河对岸,以及河对岸的那个滑坡。看到滑坡后,他嘀咕着:"似乎有人在那里玩过,这到底是怎么回事,反正现在鳟鱼也不会上钩,我不如先去那边碰碰运气。"

说完这些话,他便朝那边走去。其实,就在此时,松鸦塞米那双雪亮的眼睛正注视着他。松鸦塞米正在偷笑,他知道农夫布朗的儿子为什么钓不到鱼。农夫布朗的儿子刚刚离开的那个池塘是小水獭乔和乔夫人住的地方,那里当然不会有肥大的鳟鱼了,因为小水獭乔一家已经把它们吃完了——鳟鱼是他们一家的最爱。

　　但农夫布朗的儿子对此一无所知,事实上,他根本不认识小水獭乔。所以,当他离开池塘前往有滑梯的岸边时,松鸦塞米仍然在偷笑,并悄无声息地跟在他后面,打算看他的好戏。松鸦塞米自言自语道:"在这个小溪边,有比你更聪明的渔夫,我看你是别想钓到鱼啦。"

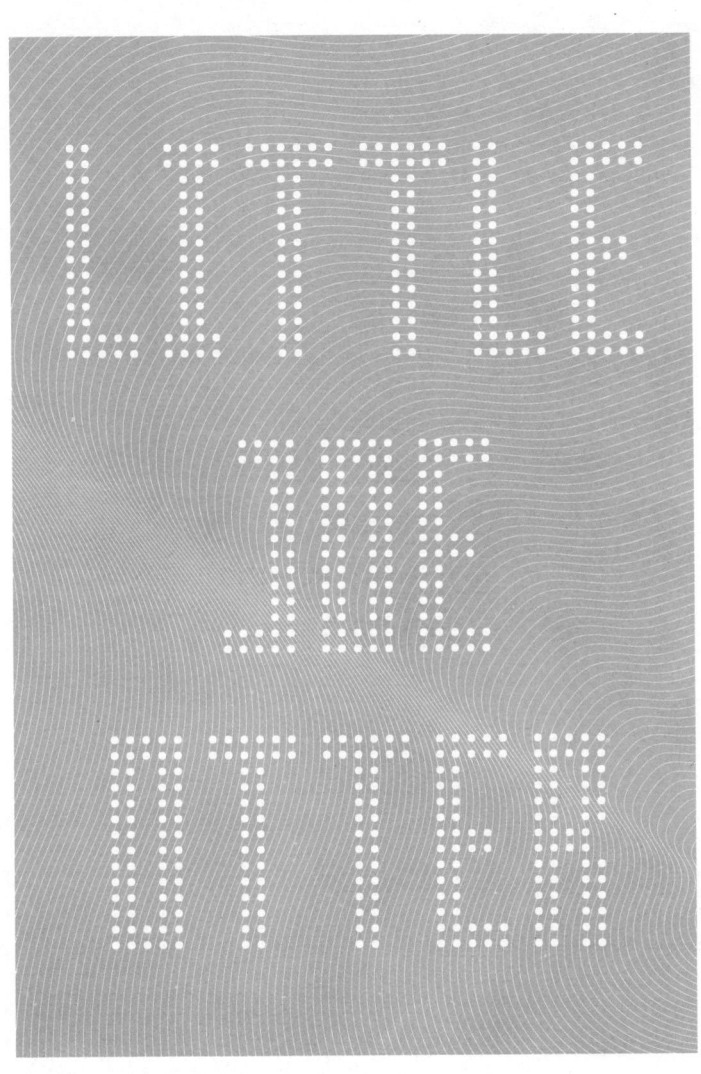

第九章
家庭鱼宴

等啊等,
鱼儿为什么不上钩?
因为那里没有鱼。

农夫布朗的儿子实在不明白这是怎么回事,之前,他经常在这条河里钓鱼,但与之前相比,他今天实在是太倒霉了。他不仅没有钓到一条大鳟鱼,就连小鱼都没有钓到。

"鱼儿,鱼儿,虫子在这儿!

看看它多么肥美!

看它前先咬一口,

看看它是不是在鱼钩上。"

农夫布朗的儿子连着说了两次之后,把鱼饵扔进了另一个小池塘,之后,便耐心地等待。钓鱼的人一般都是这么耐心等待的,钓鱼时的耐心和记得在鱼钩上放鱼饵一样重要。他等呀等呀,仍然是什么也没有等到。他想:"是不是在我来之前,已经有人把这里的鳟鱼钓完了?我在那边没有钓到鱼,到这边还是没有钓到鱼,看来我还得再换地方呀。"

因此,他又去了离哈哈溪稍微远点儿的池塘边。快到那里的时候,他突然听到了水花声,一声接着一声。于是,他放下钓鱼竿,谨慎地趴下,匍匐前进,没有发出一点儿声响。当他爬到能看到池塘时,屏住了呼吸。他发现了什么呢?他看到了小水獭乔正在捕鱼,还看到他们一家正在河边举行家庭鱼宴。

农夫布朗的儿子仍然趴在那里,似乎忘记了自己是来钓鱼的。之前,他曾见过小水獭乔一两次,不过那时,他只是看到小水獭乔的头部从水里浮出水面。至于乔夫人和两个孩子,他自然是没有见过。

他看到小水獭乔潜入了水底,很长时间没有上来,农夫布朗的儿子开始为他担心了。突然,小水獭乔棕色的头浮出了水面，嘴里叼着一条肥大的鳟鱼，嗯，是的，就是农夫布朗的儿子想钓的鳟鱼。

看到那条肥大的鳟鱼后，农夫布朗的儿子不禁低声惊叹道："天哪，真大啊！"

小水獭乔叼着那条鳟鱼，直接游到了两个孩子的身边。孩子们欣喜地坐在水边的一块大石头上，等着他们的爸爸回来。就在小水獭乔快要游到孩子们的跟前时，他吐出了那条鱼——当时，那条鱼还可以游动，只不过速度比较慢。看到他们的爸爸吐出鳟鱼之后，两个孩子立刻跳进了水里，他们都想先抓住那条鱼。不过，他们的动作都太笨拙了，也太心急了。一急，他们的行动反而慢了下来。

就在两个孩子一前一后向那条鳟鱼游去的时候，鱼也在扭动身体准备游走。于是，他们只能快速地去追。其中一个孩子华丽地一转身，把鱼叼在了自己嘴里。捉到鱼的孩子特别自豪，而那个没有捉到鱼的孩子看上去有点儿难过。

没有捉到鱼的孩子向另一个孩子游去,看样子,他准备抢夺那条鳟鱼。就在一场争斗在所难免之际,乔夫人游了过去。她刚好游到两个孩子的中间,把那个没有捉到鱼的孩子推到一边。于是,没有捉到鱼的孩子只能灰溜溜地离开了,捉到鱼的孩子则带着鳟鱼回到了石头上,准备好好地品尝一下美味。

几分钟后,乔夫人出现了,原来,她又抓到了一条鱼,这是给那个没有捉到鱼的孩子准备的。当把鱼放开后,鱼几乎不能游动了,那个孩子没有费多少力气就抓到了它。

农夫布朗的儿子看到这里后思考着:那些鱼碰巧都活着,还是小水獭乔和乔夫人特意安排的呢?如果是他们特意安排的,那么,他们是为了让孩子学习捕鱼的技巧吗?

我想知道,难道你不想知道吗?

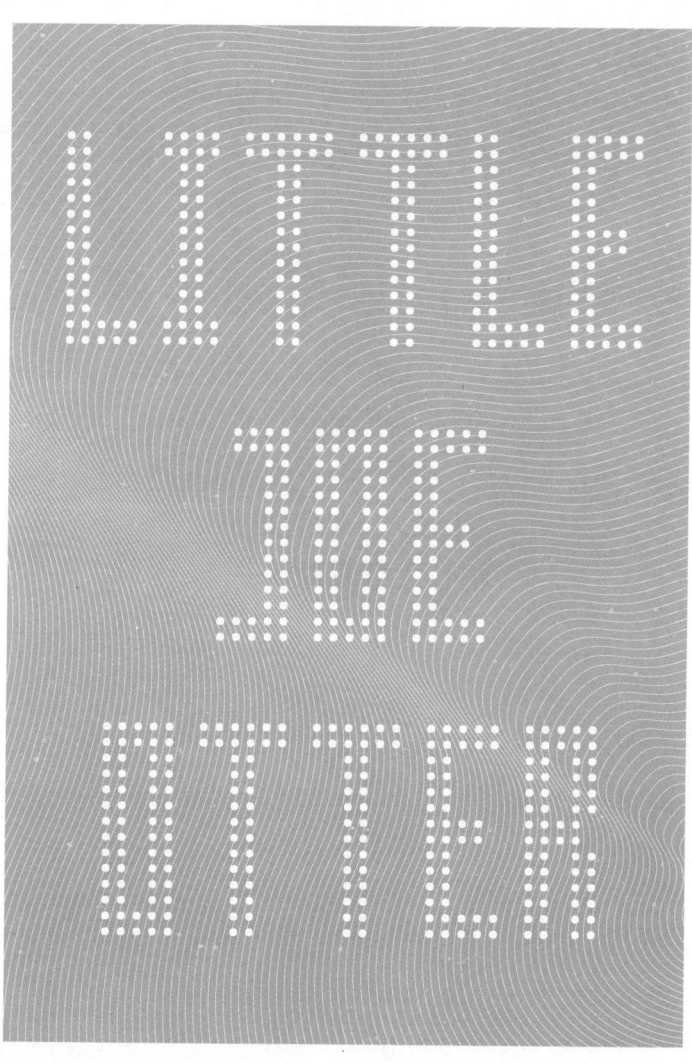

第十章
老郊狼

年轻人,听清楚,
粗心大意悔青肠子。

在看到小水獭乔一家转移到另一个地方之后,农夫布朗的儿子才想起自己也是来钓鱼的。而且,来之前,他已经承诺说晚饭的时候会带回家一条大鳟鱼了。

农夫布朗的儿子咯咯笑道:"现在,我终于明白我为什么一条鱼也钓不到了,因为小水獭乔一家动手比我早。虽然看那两个小家伙儿学抓鱼比我自己钓鱼更好玩,但我不能让他们把鱼抓完。虽然我可以吓跑他们,但我不想那么做。嗯,我不能让他们害怕我。哈,我知道该怎么做了,我可以绕过格林森林,走到他们的前头去。"

说完这些话,农夫布朗的儿子便跌跌撞撞地穿过了格林森林,再次来到了哈哈溪,直到他确定他已经走过了小水獭乔一家聚会的地方后,才停下来开始钓鱼。不一会儿,他的鱼竿突然晃动了一下,接着鱼漂往下一沉,于是,他立刻抓住鱼竿,使劲往上提起来,哈,鱼钩上是一条银白色的大鳟鱼。那时,他全部的注意力都放在了钓鱼上,几乎忽略了周围的其他事情。

其实,那天早上,老郊狼也在哈哈溪附近出没。他可是个既危险又精明的家伙,他的脑袋里想的全是一些"鲁莽的孩子如何四处乱跑,然后被他遇到,最后,那些无助的孩子又如何成为他的早餐"这种事情。当老郊狼看到农夫布朗的儿子的时候,农夫布朗的儿子正在专心致志地钓鱼,眼睛目不转睛地盯着鱼竿,根本没有看到老郊狼。不过,老郊狼可是真真切切地看到了农夫布朗的儿子。他正在爬过灌木丛,大张着嘴巴,露出长尖牙,边走边咕哝:"这个人可能已经吓到了沿途的所有动物。"

刚刚走过农夫布朗的儿子的身边,老郊狼就听到了前面小池塘里传来的微弱的水花声。于是,他立刻趴在地上,一步一步、轻轻地往前挪,当时,他的两眼放光,耳朵也竖了起来。

不过,当老郊狼看到小水獭乔和乔夫人的时候,小水獭乔和乔夫人正在水里游泳,他便有些失望了。他知道这两个家伙都很聪明,要抓住他们可不是件容易的事情。

过了一会儿,老郊狼又发现了小水獭乔的两个孩子,顿时,失望的心情消失得无影无踪,眼里再次充满了贪婪与渴望。对老郊狼来说,这两个小家伙儿是最有吸引力的猎物了。看到他们时,老郊狼禁不住流下了口水,并一步一步地向他们靠近。恰巧这时,一只小水獭爬上了岸,几乎就在他的面前停了下来。老郊狼立刻把上身伏低,紧紧趴在地上,后腿站立着,准备时机一到就扑上前去。不过,他没有立刻行动,他还想等一下，等水里那只小水獭上岸；另外，狡猾的他并不想和小水獭乔与乔夫人厮打。

就在这时，小水獭乔和乔夫人让两个孩子朝下游去。水里的那个孩子很听话，立刻照做了，但在河岸上的那个孩子却没有这样做。他太累了，想休息会儿，心想：反正他们也不会游得太远，就让他们先走吧，我一会儿再去追他们。

岸上那个孩子想要单独休息会儿。他静静坐着，看着他的父母和兄弟在视野之中消失。当再也看不到他们后，他便自己一个人咯咯地笑了起来，以为自己这样做很聪明。

就在这时，他的身后传出了窸窣声。他转过头去，一眼就看到了青面獠牙、两眼放光的老郊狼。老郊狼的两只前爪扑到了他的身上，抓住了他。

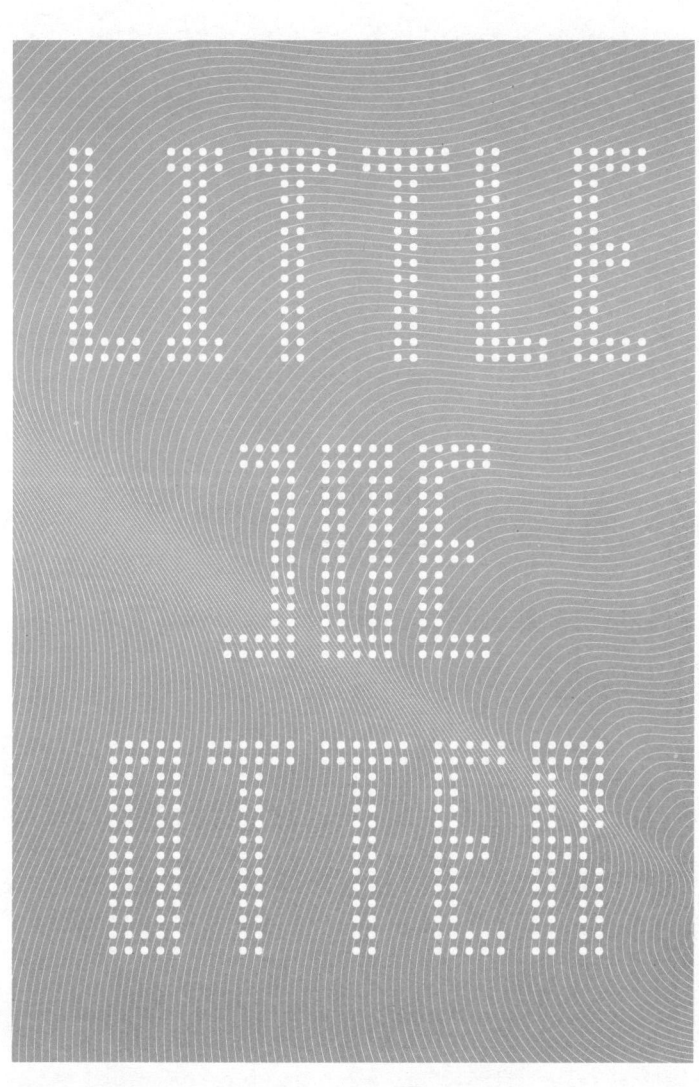

第十一章
松鸦塞米的叫声

面对危险,
一定镇静。

这个愚蠢的小水獭不愿意向爸爸妈妈求救，而在被老郊狼抓住之前，也根本没有时间发出求救的尖叫声。虽然老郊狼可以用他尖利的爪子把他的猎物——那只小水獭撕成碎片，但他却没有立刻弄死这只小水獭，他还想先戏耍一下。

老郊狼以为没有人看到自己，事实上，松鸦塞米一直注视着他的一举一动。之前，为了安静地跟着小水獭乔一家而不被发现，松鸦塞米吃尽了苦头。他很喜欢这两只小水獭，看着他们学抓鱼是一件很好玩的事情。

把一切都看在眼里、记在心里的松鸦塞米知道，在老郊狼蹿出来的那一刻，岸上的那只小水獭就凶多吉少了。突然，松鸦塞米想起农夫布朗的儿子正在不远处钓鱼，"或许，我可以通过大喊来惊动农夫布朗的儿子。他应该能猜出这边发生了什么事情吧。"

于是，松鸦塞米立刻张开了嘴巴大喊道："抓小偷啊！抓小偷啊！抓小偷啊！"说完，他就从树上飞了起来，边飞边喊。

老郊狼气愤地朝头上看去，并低吼道："闭上你的臭嘴巴，松鸦塞米，这不关你的事。"

松鸦塞米依然喊道："抓小偷啊！抓小偷啊！抓小偷啊！"并且他的喊声比刚才更大了。

就在松鸦塞米开始大喊的时候，小水獭乔和乔夫人刚好游到哈哈溪那个转弯处。听到松鸦塞米的喊声后，他们马上猜出附近有敌人，并意识到有一个孩子不在他们身边。这还是第一次。于是，小水獭乔一秒钟也没有浪费，拼命地向那个孩子所在的岸边游去。而乔夫人呢，她在把跟在身边的那个孩子送到一个安全的地方后，也快速地朝丈夫追去。

老郊狼还在朝松鸦塞米低吼，突然看到小水獭乔游了过来。小水獭乔的后面跟着乔夫人。老郊狼知道，战斗在所难免，不过，他不愿就此放弃嘴边的猎物。他拖着小水獭朝后退了退，咆哮了一声，露出了两排锋利的牙齿。

松鸦塞米还在不停地大喊着。农夫布朗的儿子终于听到了喊声。他停止了钓鱼，竖起耳朵仔细地听着。他知道松鸦塞米的做事方式。

听了一会儿，他嘀咕着："那边一定发生了什么事情。一般情况下，松鸦塞米不会这么尖叫。当他这样尖叫的时候，一定是发现了紧急情况，或者看到了令他特别兴奋的事情。我得过去看看到底发生了什么事。"

说完，他放下钓鱼竿，鱼饵也留在了水里，谨慎地踮着脚，朝着松鸦塞米大喊的方向走去。

来到那个地方时,他碰巧看到小水獭乔和乔夫人正冲向老郊狼。老郊狼不甘示弱,朝他们咆哮,两只前爪牢牢地压着抽泣的小水獭。

来不及思考了,农夫布朗的儿子大吼一声,捡起一根树枝朝老郊狼冲去。

听到人的喊声后,老郊狼立刻跳了起来,好像中了子弹一样,还没等到农夫布朗的儿子冲过来,便转身消失在了灌木丛中。

小水獭乔和乔夫人也像老郊狼一样受到了惊吓,迅速地逃开了。不过,他们并没有逃远,而是潜入水里,露出了两个棕色的头。他们要看看是否有其他动物会对他们的孩子造成威胁。

至于那只小水獭,已经因为惊吓而不能动弹了。农夫布朗的儿子走过去抱起他的时候,他还在有气无力地抽泣着。

农夫布朗的儿子抱着那只小水獭,轻声地说:"放心吧，可怜虫，我不会伤害你。"

虽然农夫布朗的儿子说话的声音很温柔，但小水獭一个字也听不明白，只是因为害怕而浑身打颤。

起初，农夫布朗的儿子想把小水獭带回去当宠物养，但当他俯视旁边的水池时，刚好与乔夫人的眼睛四目相对。从乔夫人焦虑的眼神中，他看到了母爱的光辉。他明白，乔夫人渴望他能把孩子还给她。因此，他走过去，轻轻地把怀里的小水獭放在了河岸边，然后退了几步，哈哈地笑了几声。那种笑声让人听着很舒服。

那个小家伙儿立刻跳入水中，快速地朝爸爸妈妈游去。一家三口消失在了水中。

当农夫布朗的儿子回到他钓鱼的地方时，他在鱼竿附近看到了一条鳟鱼，这条鳟鱼可真大啊，至少他之前还没钓到过这么大的鳟鱼呢。这是小水獭乔一家的谢礼吗？

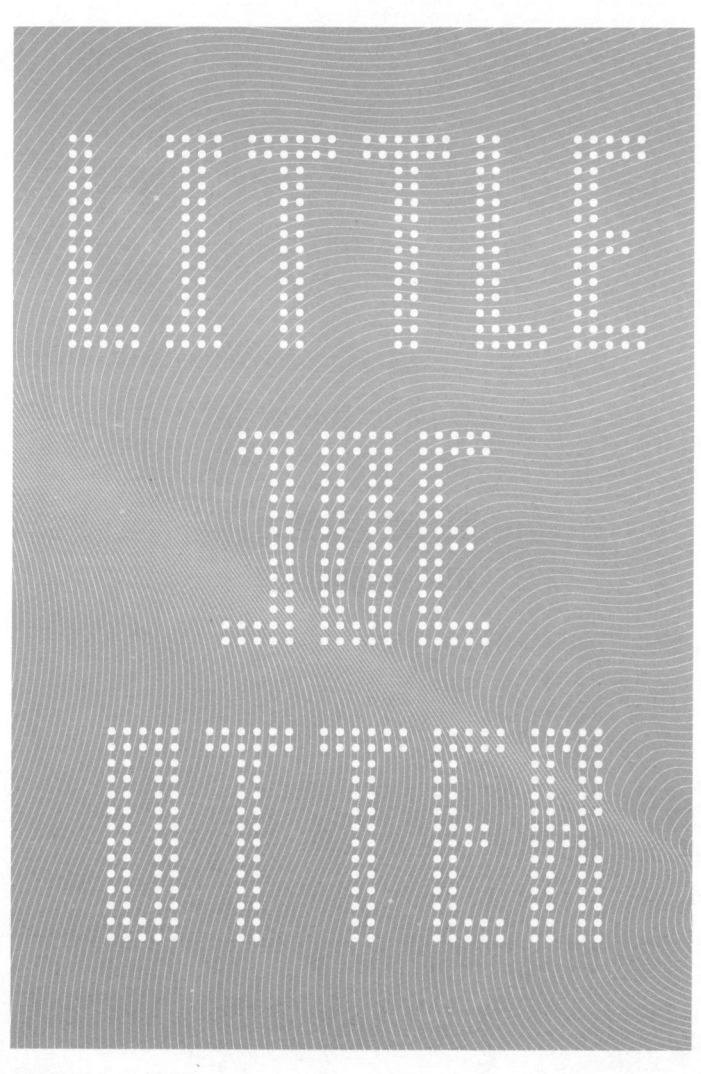

第十二章
兔子彼得的发现

爱问爱学又努力,
知识装到脑瓜里。

夏天过去了,冬天送来了第一场雪。兔子彼得非常喜欢雪,雪下得不大、积雪也不厚时,他经常在雪上玩耍。不过,他不喜欢太厚的积雪,因为积雪太厚的话,他很难找到食物。

兔子彼得生性好奇,当地上出现积雪且积雪还没有变硬时,他可以利用积雪了解邻居们的情况——他只需要跟着他们留在积雪上的脚印,就可以查出他们去过哪里、做了什么。

所以,第一场雪刚下完时,兔子彼得就迫不及待地去了格林森林。一到那里,他就开始留意积雪上的足迹。他首先看到的是小野鼠们的小脚印,它们就像小鸟的脚印一样小。他沿着这些脚印前进，走了一段距离之后，发现这些小脚印和更大的脚印会合了。但看到大脚印后，他立刻停下来，觉得这件事情太无趣了。他一眼就认出了那些大脚印——它们是狐狸雷迪的。兔子彼得觉得他得迅速离开那里，因为从那些脚印来判断，狐狸雷迪还没走远。

于是，兔子彼得朝反方向走去。不一会儿，他看到了这么一些脚印，这些脚印和自己的脚印很相似，不过要比自己的脚印大一些。他知道这些脚印是他的堂弟野兔跳跳留下的。他想："好久没有见到堂弟了，如果加快脚步的话，说不定还能赶上他呢。"

兔子彼得立刻加快了速度，沿着脚印快速地追去。在前进的过程中，某些地方树枝缠绕，盘根交错，他不得不小心翼翼地跨过去。最后，他终于绕到了那条前往哈哈溪的路上。

突然，兔子彼得坐了下来，瞪着圆溜溜的眼睛，看着和野兔跳跳的脚印交错在一起的另一种脚印。那种脚印很奇怪，至少是兔子彼得见过的最奇怪的一种脚印。不错，虽然它们是脚印，但奇怪的是，那些脚印相当的圆，而且在那条足迹的中间，还有一条线。不一会儿，兔子彼得便明白了，足迹中间的那条线是脚印主人的尾巴留下的，也就是说，留下这些脚印的那个人腿很短。

很快，兔子彼得便将他的堂弟忘得一干二净。现在，他最好奇的是这是谁留下的脚印。他转身沿着那些脚印走了下去。没过一会儿，他就走到了一个缓坡处，那些脚印在那里消失了。不过，兔子彼得很快发现，缓坡的中间有一条长长的痕迹，这个痕迹表明，刚才有谁或什么东西从那里滚过。

兔子彼得立刻跑了过去，在缓坡的下面，他又看到了那些脚印，它们还是和之前的脚印一样圆。他发现这个脚印的主人总是找最容易的路走，因为那些脚印从来没有出现在圆木或者残株上。

顺着脚印继续前进，他又发现了一条雪上的痕迹，而脚印也再次消失了。兔子彼得停在了那条痕迹上，用后腿抓了抓他的长耳朵。他不明白，脚印怎么又消失了，这个痕迹是怎么来的呢？

他想："能查出真相的唯一办法是跟上去。我要看看，这些脚印和这些痕迹都是谁留下的。"兔子彼得再次加快步伐，最后，来到了一处陡峭的河岸边，河岸的下方就是哈哈溪。

接着，兔子彼得在河岸上发现了那种奇怪的痕迹，这条痕迹一直延伸到河里。兔子彼得的视线掠过河面及河对岸，但没在河对岸发现任何痕迹。他又到处看看，还是没有看到任何痕迹。也就是说，那种奇怪的痕迹在哈哈溪便消失了。

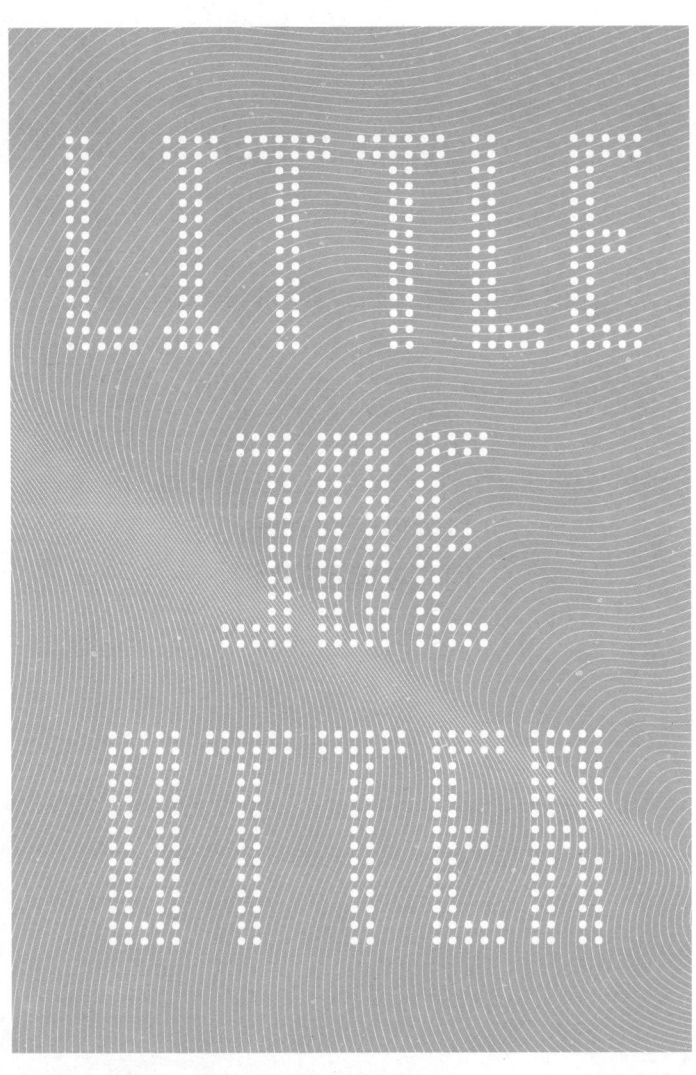

第十三章
满足好奇心

打破砂锅问到底,
何时才能不好奇?

兔子彼得疑惑地坐在格林森林里，坐在哈哈溪一处陡峭的河岸边。因为他一直跟着的那些奇怪足迹和那几条雪上的痕迹都在这个岸边消失了。他在那儿呆坐着，傻乎乎地四处乱看，还时不时地拉一拉他的长耳朵。

就在这时，一个声音传来："嗨，兔子彼得！今天可真是个好天气，你难道不喜欢这样的天气吗？我简直爱死这样的天气啦！"

兔子彼得立刻看向四周，但什么都没有发现。当他低下头碰巧看到黑乎乎、冰冷的河水时，才发现河水中有一个棕色的头冒在外面，一双清澈明亮的眼睛正盯着他。

兔子彼得立刻大喊道:"小水獭乔!天哪,你可把我吓得不轻!我真不知道那个声音是从水里发出的。不错,今天天气真好,我也喜欢这样的天气。但我更希望天气能暖和点儿,现在真是太冷了。"

小水獭乔说:"我才不在乎冷不冷呢。顺便问一下,是什么风把你给吹到这里来了?"

小水獭乔这么一问,兔子彼得才想起刚才看到的那些奇怪的足迹。于是,他说:"有个我不知道是谁的动物在格林森林里环游了一圈,并且留下了一些我所见过的最奇怪的足迹。而且,在某些地方,那个动物没有留下脚印,只留下了一些痕迹。嗯,就在这条河边,那些脚印和那种痕迹都消失了。"

小水獭乔眨了眨清澈的双眼,说:"嗯,的确很奇怪。你觉得会是谁做的呢?"

兔子彼得说:"这正是我想知道的,但我想我得继续等待,因为这里便是那些脚印和那种痕迹消失的地方。"

小水獭乔说:"我和你一起等吧,不过,我得先仔细瞧瞧那些脚印。"

说完,他快速地游到了岸边,从河岸的最低处爬了上来,然后来到了兔子彼得坐着的地方。他努力地控制自己不再眨巴眼睛,并开口说:"真奇怪,依我看,好像有谁从那里滑下去了。兔子彼得,我们也一起滑下去吧。然后,我们再看看我们留下的痕迹是什么样子的。"

听到小水獭乔的建议,兔子彼得匆忙回答道:"不了,谢谢!"他边说边以不太体面的方式朝后退去。光是看看那漆黑、冰冷的河水,他就觉得浑身发抖。

小水獭乔大声说:"噢,兔子彼得,来吧,来试一次,非常好玩的!"说完,小水獭乔的后腿便快速地蹬地,四脚着地沿着河岸滑入了水中。

看到小水獭乔刚刚留下的痕迹后,兔子彼得突然明白了,原来刚才那些令他困惑的奇怪脚印和痕迹都是小水獭乔留下的。

兔子彼得高兴地说:"小水獭乔以他自己的方式告诉了我事情的真相,满足了我的好奇心!"

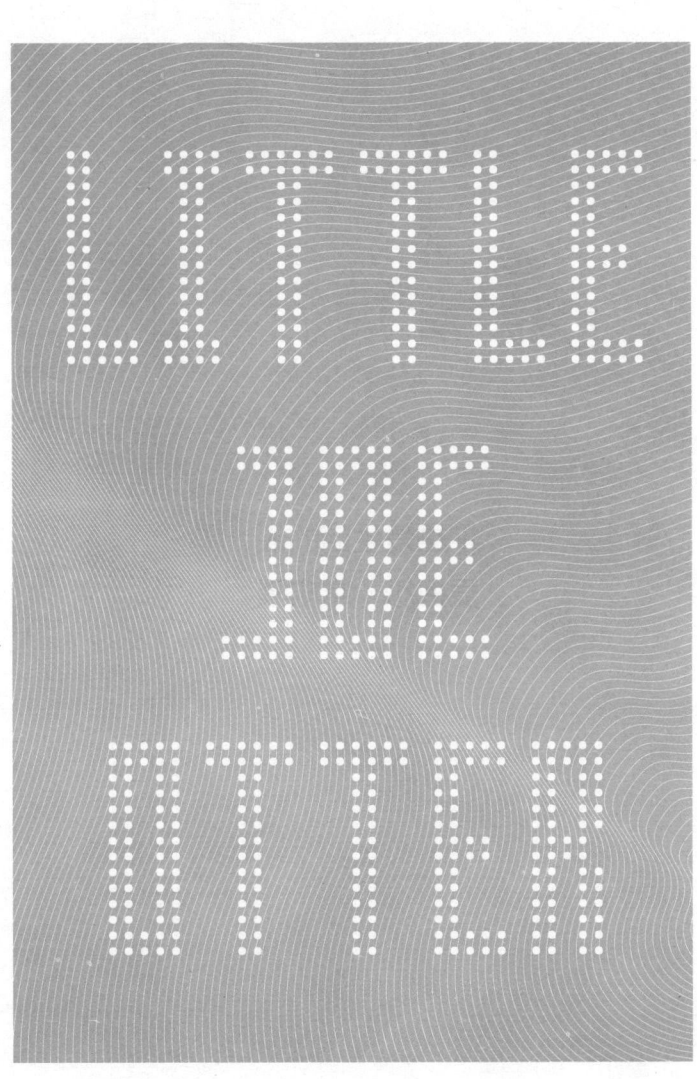

第十四章
水滑梯派对

不热爱生活的人,
爱抱怨,常牢骚。

一想到自己之前做的事，兔子彼得就忍不住傻笑。结果，因为傻笑，他忘记了低头观察小水獭乔去了哪里。当他反应过来的时候，怎么也找不到小水獭乔了。兔子彼得又在那里等了一会儿，希望小水獭乔再次出现，想再看看小水獭乔从河岸上滑下去的样子。

最后，兔子彼得想：小水獭乔应该回家了，不会再出来了吧，那么，我坐在这里等也没有什么用处了。但就在他准备离开时，听到了哈哈溪里的水花声。于是，他停了下来，向哈哈溪望去。他看到，小水獭乔、乔夫人和他们的两个孩子正在哈哈溪里游泳。他们在水里翻跟头、潜水，看起来快乐极了。

当他们一家游到兔子彼得第一次看到小水獭乔爬出水面的那个岸边时，小水獭乔直接爬上了岸。乔夫人跟在小水獭乔后面，两个孩子则跟在乔夫人后面。那里是整个河岸最低的地方，因此，他们一家便从那里爬上了河岸，爬到了之前兔子彼得坐着的地方。突然，兔子彼得觉得很害羞，匆忙后退，躲到了白雪覆盖的铁杉树丛下面。

小水獭乔带领他的家人来到了河岸最陡峭的地方——兔子彼得曾经坐在那里俯瞰整个哈哈溪。然后，小水獭乔的两条后腿用力一蹬，纵身一跃，消失在哈哈溪里。几秒钟后，兔子彼得听到了水花声。接着，乔夫人和两个孩子也都做了同样的动作。兔子彼得依然藏在铁杉树丛下，几分钟后，看到小水獭乔和乔夫人带着两个孩子再次返回到了那个地方。兔子彼得暗想："他们肯定还要再滑下去，这次我得过去看看。"

于是，兔子彼得从他藏身的地方爬了出来，爬到了河岸边。他站的地方和小水獭乔一家玩耍的地方保持着一段距离,这样一来,他便可以放心地看他们一家人玩耍了。果然,兔子彼得看到,小水獭乔再次从那里滑进了水里。其中一个孩子似乎等不急了,抢在乔夫人的前面滑进了水里,另一个孩子紧跟其后。这一下子,他们一家又开始了一场游泳比赛,看谁能先游到河岸边的最低处,以及谁能先爬回刚才入水的地方。这真是一场有趣的水滑梯派对。

每次,当小水獭乔消失在漆黑冰冷的河水里时,兔子彼得都会禁不住打一个寒战。不过,对于小水獭乔一家来说,这没什么可担心害怕的。他们一家人就像在仲夏季节一样,享受着从河岸滑到水里,再从水里爬到岸上的乐趣。他们滑的次数越多,那个自制的"滑梯"就越光滑,"滑梯"越光滑,他们滑的速度就越快。

小水獭乔大喊:"来吧,一起来玩儿!兔子彼得！"话音未落，他便双脚一蹬，再次滑入水中。

兔子彼得暗自摇摇头，这种玩法，他真是害怕。见小水獭乔一家玩得这么开心，兔子彼得不由得开始嫉妒他们了。不过，一看到冰冷的河水，兔子彼得便不由自主地打战。

水滑梯派对或许真的不错，但兔子彼得更愿意在下面没有水的滑梯上玩。

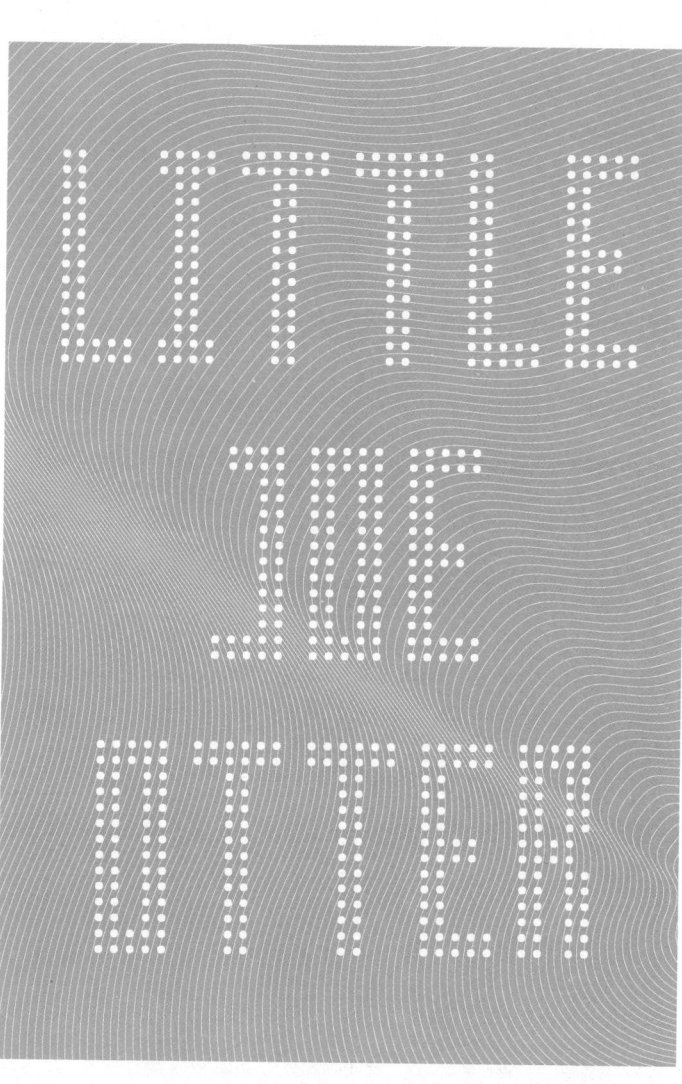

第十五章
共识

说教总无益,
不如去经历。

来自遥远北方的北风哥哥和冰霜杰克，将河狸帕迪的池塘、微笑池塘和哈哈溪都结了冻，格林牧场、格林森林和老牧场也都覆盖上了厚厚的一层积雪。

土拨鼠约翰尼、花栗鼠和浣熊博比都在冬眠，他们不用担心食物问题；河狸帕迪和麝鼠杰里也在自己家里储备了足够的食物，他们也不用担心食物问题。不过，对于那些这个时候还得出来找食物的动物来说，现在的日子可真不好过——对他们来说，每年冬天都很难熬。

小水獭乔和他的家人的日子就很难熬，他们正在为找不到食物而担心。在之前的日子里，他们一直以鱼为食,所以没有储备过冬的食物。但眼下,微笑池塘河狸和哈哈溪都结冰了,那里的鱼变得越来越少了——这是因为小水獭乔一家的过度捕捉。在水滑梯派对之后的第二天早上,小水獭乔和乔夫人没吃早餐,就出去给两个孩子找食物了。

路上,小水獭乔说:"亲爱的,这是这么多年来,我的运气最糟糕的一次。哈哈溪的河面几乎都结冰了,只有那么几处可以下去摸鱼,但那些地方的鱼也基本都被我们抓完了。看来,我们得想其他的办法了。"

乔夫人回答道:"我也在考虑这件事情呢,你说,我们可以带着两个孩子去大河吗?"

小水獭乔说:"我知道有一条大一些的溪流,那里的水面应该还没有被冰封住,而且,那里的好多地方都有泉水,就更不容易结冰了。我觉得我们可以先去那里看看情况。"

乔夫人问:"很远吗?"

小水獭乔先是承认了去那里的确有点儿远，之后说："远又有什么呢，我们的两个孩子也该去看看外面的世界了。这不正是锻炼他们的好机会吗？我们到达那条溪边后，如果那里的鱼足够多的话，我们可以在那里多待些时间，然后再顺着它去大河，最后再从大河返回哈哈溪。"

乔夫人思索了几分钟后问："这样一趟旅行会不会有危险？"

小水獭乔问："你害怕吗？"

乔夫人斩钉截铁地说："我不是担心我自己，我担心的是我们的两个孩子。"

小水獭乔说："从出生到现在，他们都没有遇到过真正的危险。通过这趟路途遥远的旅行，让我们教会他们如何处处留意生活中的危险，如何学会自己照顾自己吧。"

乔夫人若有所思地挠挠鼻子，突然问道："我们什么时候出发?"

小水獭乔说:"今晚就走吧,今晚会有月光。而且,我们越早出发,美味食物进入腹中的时间就越早。"

乔夫人有点儿不确定地问:"你真的知道路线吗?"

小水獭乔回答说:"当然啦,不然的话,我会这样说吗?"

最终,他们决定当晚出发。

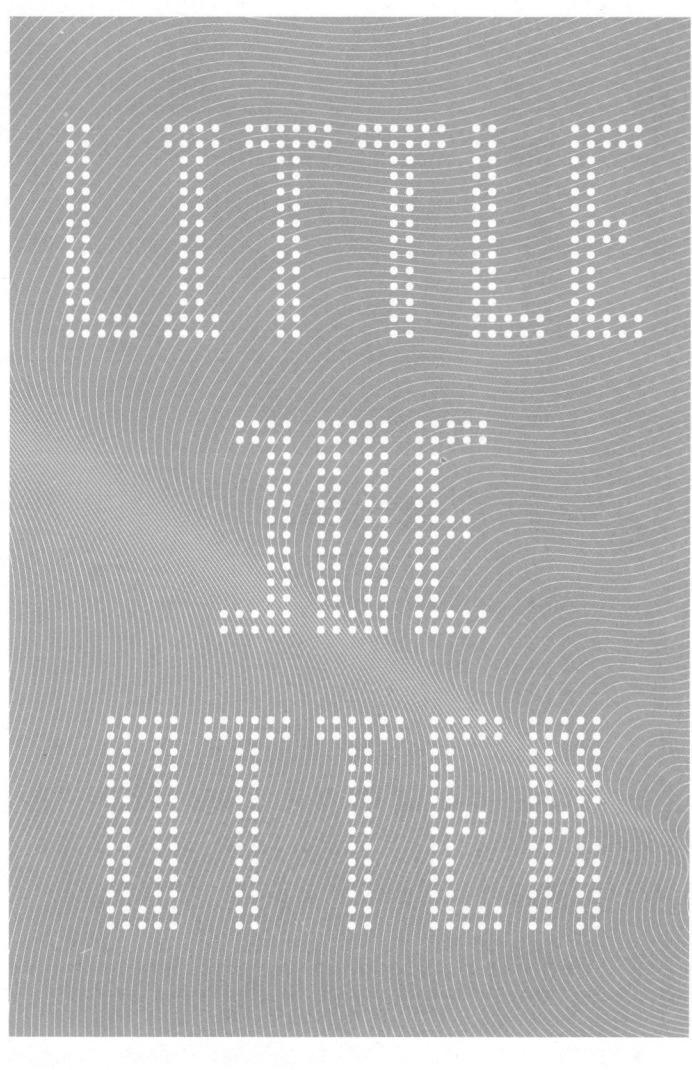

第十六章
快乐的旅行

我有慧眼,
获益无穷。

温柔的月亮婆婆将光辉洒在了格林森林的树枝上，借着月光，小水獭乔一家离开了哈哈溪，朝着格林森林深处的河狸帕迪的池塘走去。在前进的过程中，小水獭乔在前面带路，乔夫人跟在他的后面，他们的两个孩子则跟在乔夫人的后面。

当他们来到河狸帕迪的池塘时，发现池塘上已经结了一层冰。小水獭乔在冰面上跳了几下，确定冰面很结实，便趴了下去，开始在上面滑冰。突然，他停了下来挠了挠脚丫，然后继续向前滑去。看到他的动作后，他的家人也模仿着他的动作开始滑冰。他们高兴地尖叫，尤其是两个孩子，觉得滑冰太好玩了。

最后，他们以难以想象的速度，快速穿过了河狸帕迪的池塘。当他们到达池塘的另一边时，两个孩子不想离开，还想在河狸帕迪的池塘的冰面上滑冰。不过，他们都是听话的孩子，因此，当小水獭乔说在到达目的地之前，他们还有机会滑冰时，两个孩子便跟着爸爸妈妈继续向前走去。

小水獭乔带着他们穿过树林、爬过雪地，在前进的过程中，只要碰到小坡，小水獭乔都会先滑下去，然后其他人再沿着他滑过的痕迹滑下去。有时候，即使是走在地势平坦的路上，小水獭乔也会跳上几跳，然后趴下身子，滑行前进一段距离。

两个孩子非常兴奋，这是他们第一次出远门。在他们眼里，一切都是既新奇又好玩，他们总是想停下来认真研究每个东西。

结果，在旅途中，这两个好奇的孩子吓到了野兔跳跳。当野兔跳跳逃跑的时候，他俩还在后面紧追不舍。不过，当小水獭乔和乔夫人叫他们回来的时候，他们虽然不明白为什么，还是照做了。

又有一次，松鸡太太突然从铁杉树下蹿了出来，两个孩子一看到她那副坚硬的翅膀，都吓得跳了起来。但看到他们的爸爸妈妈连头都没有回时，他们都不好意思地低下了头，默默地跟了上去。

因为小水獭乔知道路线，所以总是选择最容易走的路走：如果他们可以从圆木底下爬过去的话，就不会选择从上面跳过去；如果他们不能从下面爬过去的话，就会选择绕路。尽管小水獭乔的足迹看起来歪歪扭扭的，但仔细观察的话，我们便能发现，他们一家始终朝着一个方向在前进。

水獭的腿很短，走在软绵绵的雪地里，对他们的体力消耗很大。尽管他们可以时不时地滑会儿雪，但走了一阵后，那两个孩子的速度便放慢了下来。对两个孩子来说，旅游、前进、走路变成了一项负担，不再是之前那种快乐的事情了。

　　小水獭乔能深切地体会到孩子们的感受,他仍然清楚地记得自己小时候第一次旅行的事情。于是,他走到一棵倒下的树旁,快速地钻进雪里,不一会儿,便看不见他的身体了。过了一会儿,他从自己掏的洞里探出了脑袋。

　　他开口说:"我们在这儿休息一会儿吧。"说完,就又消失不见了。他的家人跟着他进入了雪洞,进去之后才发现,原来小水獭乔在这棵大树的根部挖出了一个温暖舒适的洞穴啊。这个洞穴刚好可以让他们美美地睡上一觉。于是,不到两分钟,两个小家伙就蜷缩着身子进入了梦乡。聊了一会儿天后,小水獭乔和乔夫人也睡着了。

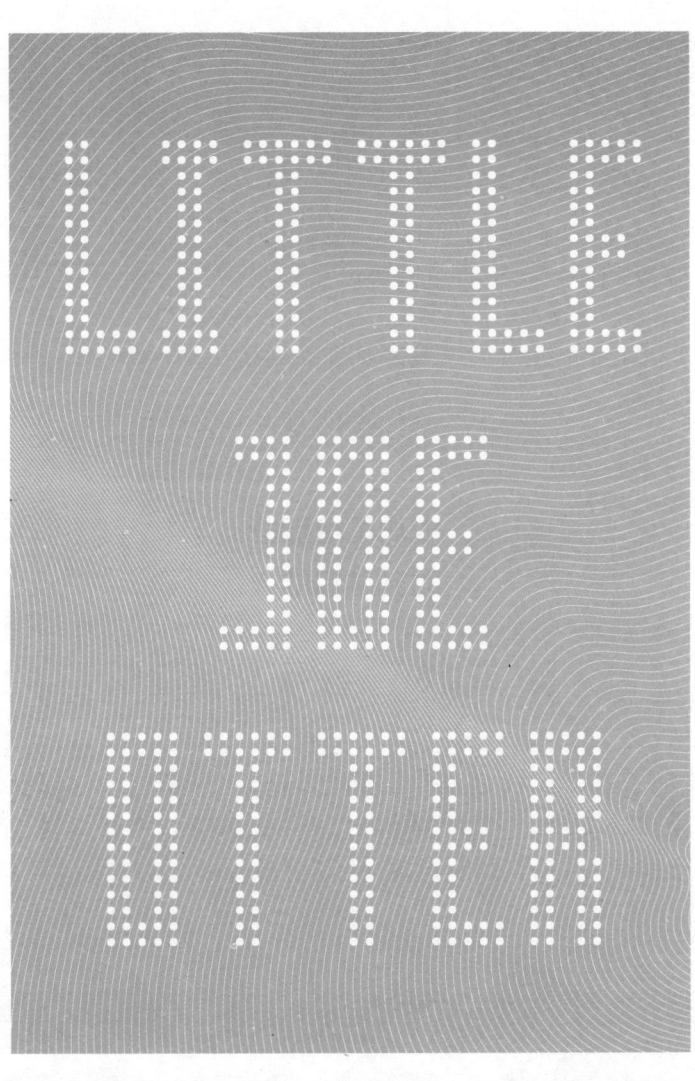

第十七章
山猫优乐

成功留给那些
时刻准备的人。

山猫优乐正在格林森林里觅食。一个偶然的机会，他看到了小水獭乔一家留下的足迹。一看到那些脚印，山猫优乐就知道是谁留下的了。

山猫优乐低声说："哦！小水獭乔又去旅游啦，这次他会去哪里呢？"

出于习惯，山猫优乐把鼻子凑上去闻了闻。闻过那些脚印散发出的气味后，山猫优乐的想法发生了一百八十度的大转变，开始对那些足迹产生了兴趣，因为他闻到了小水獭们，也就是小水獭乔的两个孩子身上的气味。

山猫优乐并不想攻击小水獭乔和乔夫人，因为他们的体型比较大，也非常强壮。他很清楚，如果他攻击他们的话，他们的反击会很强烈。不过，攻击那两个小孩子就不同了，虽然小水獭乔的孩子们即将成年，但他们还是太年轻，缺乏经验。

于是，山猫优乐如往常一样，鬼鬼祟祟地边走边闻，慢慢地来到了一棵倒下的大树旁。小水獭乔之前挖的那个洞穴便在这棵树的旁边，一直延伸到这棵树的树根处。

山猫优乐轻手轻脚地走过去闻了闻，小水獭乔一家——尤其是那两个孩子的气味立刻钻进了他的鼻子。山猫优乐狞笑了一声。

他知道，此刻，小水獭乔一家一定在洞穴里睡觉。如果他把那个洞穴挖开的话，他一定会给他们一个大大的惊喜。这个想法实在是太有诱惑力了，不过，山猫优乐也清楚这样做的后果。他环顾四周的时候，发现不远处有一棵巨大的铁杉树。只见山猫优乐走过去，绕着大树转了一圈，然后爬了上去，在一个大树杈上蹲了下来，静静地等着小水獭乔一家从洞穴里出来。

没过多久，山猫优乐看到小水獭乔从洞里探出了头，爬了出来。乔后面跟着乔夫人和他们的两个孩子。当山猫优乐看到两个孩子中年龄比较小的一个时，凶神恶煞的黄眼珠中放出了光芒。

从洞穴出来之后，小水獭乔立刻出发，他的家人紧紧跟在他的后面。山猫优乐鼓起勇气，从树上跳了下来，悄悄地跟了上去。小水獭乔一家走路的速度可真快，快得简直令人惊讶。不过，山猫优乐的速度也不慢，不一会儿工夫，他就赶上了他们。追上小水獭乔一家的步伐后，山猫优乐更加谨慎了，他偷偷地藏在树木后面，再从残株旁边转移到灌木后面。

有那么一阵子，小水獭乔的两个孩子紧紧地跟在父母的身边，但他们实在是太好奇了，总是被旁边出现的新奇事物所吸引。慢慢地，他们掉队了。

见此情景，山猫优乐小声嘀咕道："如果那个最小的孩子离小水獭乔和乔夫人再远点儿，我就能趁机抓住她了。抓住她后，我就可以美餐一顿了。那两个小家伙和其他孩子一样，天生对任何东西都好奇，什么都要去摸摸、去闻闻，估计他们认为自己可以照顾自己吧。再跟他们一段时间，我肯定会有收获的。再说了，我暂时也没有其他正经事情要做，多走一段路就能吃到水獭晚餐，这多值啊。"山猫优乐忍不住舔了舔嘴唇，流下了口水。

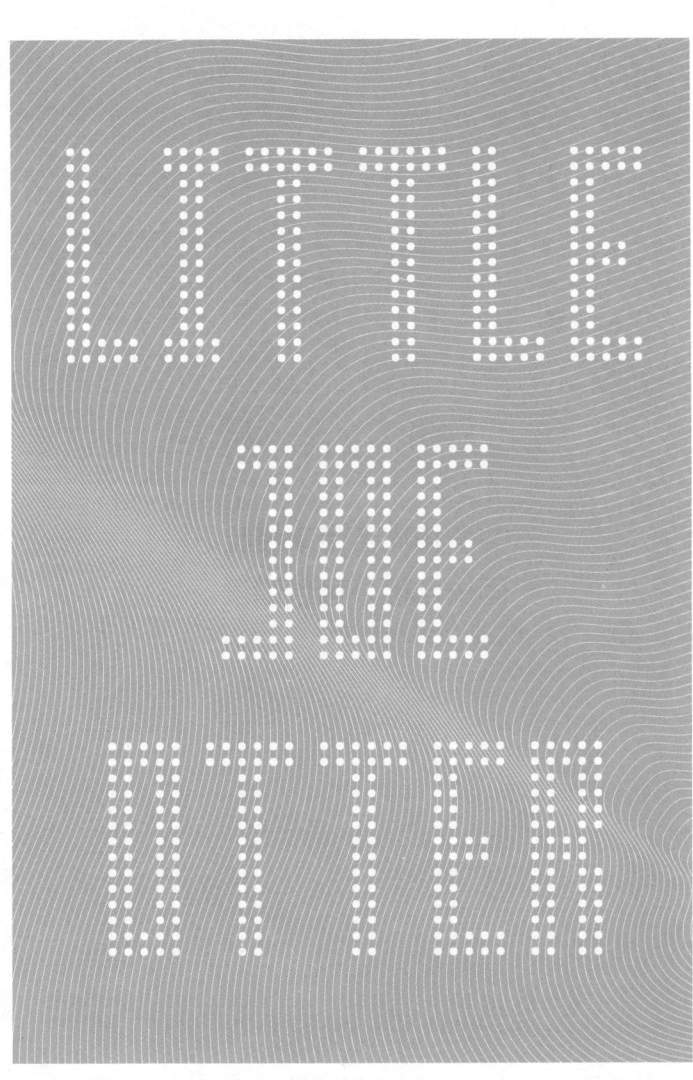

第十八章
固执的水獭妹妹

斗争和痛苦带来经验,
固执与粗心导致错误。

在格林森林里,小水獭乔和乔夫人向来能明智地处理好各种事情。在这趟计划好的远行中,他们的耳朵一直竖着,警惕地接收着每个细微的声音,并快速地判断出发出声音的人是谁。但对他们的孩子来说,情况就大大不同了。对他们来说,周围的一切都是那么新奇、有趣,他们总想停下来认真研究每一样东西。而且,两个小孩认为一切声音都有趣,想查出每一个声音的来源。

乔夫人是个好妈妈。她谨慎小心、处处留意,一直密切地关注着两个孩子,一旦他们跑得有点儿远,便会叫他们回去,还警告他们说格林森林里非常危险。

水獭妹妹——也就是那个最小的孩子既任性又粗心,还不听话。她不愿意听妈妈的话,想按照自己的意愿行事。她还悄悄地对哥哥说:"妈妈就是在吓唬我们,我不相信这里有什么危险。因为我们一路走来,根本没有看到什么让人害怕的东西。我觉得呀,她就是想让我们跟在她的后面,哪儿也不要去,什么也不要玩儿。我想看看周围这新奇的一切。哼,她吓不到我的,我什么也不怕。"

这个最小的水獭总是落在队伍的最后面,一边走,一边仔细观察着好玩的东西。当然了,她也密切地注意着乔夫人,每次乔夫人回头看孩子们在哪里时,她都会立刻蹦蹦跳跳地赶上去。

和她比起来,水獭哥哥更听话一些,虽然他有时候也会掉队,但不会像妹妹那样离父母那么远。

说起来,乔夫人也是疏忽了,当她看到那个大一点儿的孩子在她的不远处时,便想当然地认为那个小一点儿的孩子也在不远处。水獭妹妹在发现了这样的情况后,离大队伍越来越远了。

她告诉自己:"只要跟着他们的脚印走,我就能追上他们,所以,我才不在乎他们离我多远呢。只要加快速度,我就可以很快赶上他们。现在,我要去看看那边有什么东西,右边那棵小树下面好像有动静。"

她停了下来,认真地看那棵小树。积雪已经把树枝压弯了,所以远处的她看不清那里的情况。在感觉到周围比较安静之后,她抬起头,看了看那条父母和哥哥走过的足迹,发现爸爸妈妈已经消失在她的视线之外了,她的哥哥也刚刚爬上了那个山头。

看到爸爸妈妈和哥哥走远后,固执的水獭妹妹又回头看了看那棵小树,并自言自语道:"我敢肯定那里有东西在动,我就是看到了。我觉得,我应该过去看看,反正也用不了一分钟。妈妈总是说我们应该抓住机会学习,如果不去试试,又怎么能学到东西呢?

去小树下看看,应该不会有危险吧。"

在行动前,她又瞥了一眼那行足迹,发现她的哥哥也已经走远了。放眼望去,周围看不到其他的动物,于是,她转身朝着那棵小铁杉树走去。她要满足自己的好奇心。

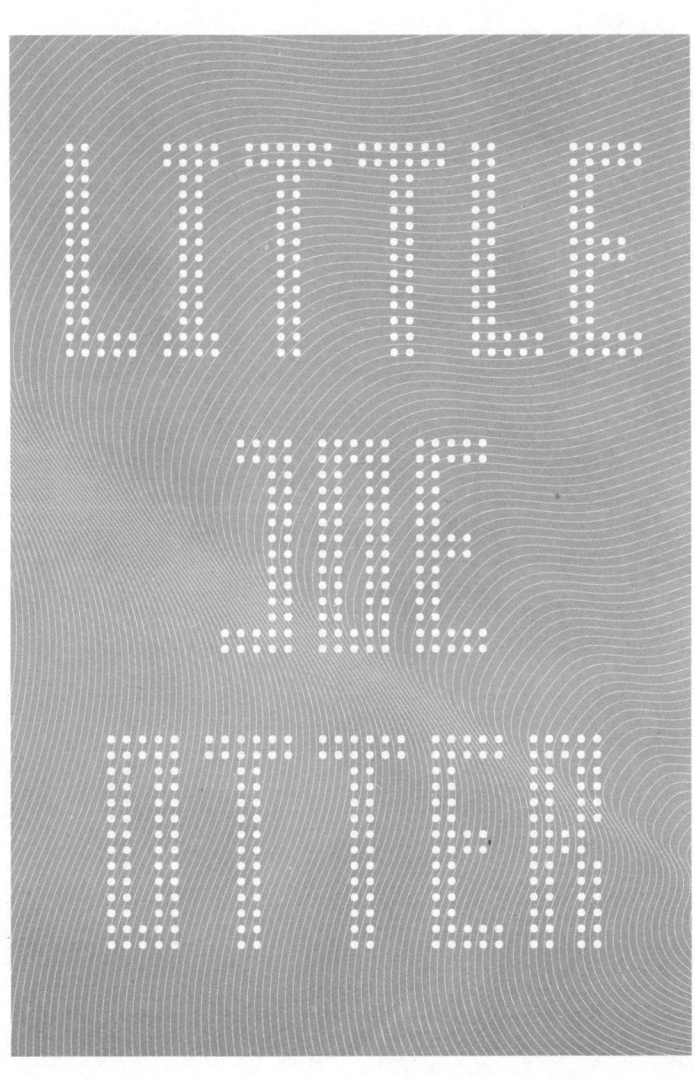

第十九章
水獭妹妹遭遇危险

敌人突然出现,
与其恐惧,不如一搏。

兔子彼得的好奇心应该算是够大的了，但和固执的水獭妹妹相比，兔子彼得的好奇心真不算什么。

水獭妹妹确定自己看到了那棵小铁杉树下面有东西在动，她一点儿也不害怕，毕竟，从她出生至今，还从来没有碰到过真正的危险，也从来没有真正害怕过。她的爸爸、妈妈和哥哥总是不离她左右，有爸爸妈妈在，自然不用担心和害怕了。

现在，那棵小树已经被积雪压弯了，枝头都快挨到地面了，下面黑乎乎的，什么也看不见。水獭妹妹认为，在那黑乎乎的地方有东西在动。她朝那棵树走过去的时候，眼睛一直紧盯着那个地方。

在距那棵树还有几步远的时候,她突然停下了脚步。因为,在那个树枝下的黑暗处,突然出现了两点亮光。水獭妹妹看着那里,眨了眨眼睛,又继续看着。慢慢地,她看清楚了,那黑乎乎的地方隐藏着一个危险的动物,那两点亮光便是他的眼睛。那个动物双眼中射出了凶狠和急切的光,似乎很不好对付。水獭妹妹从来没有见过这般凶狠的动物,这次,她真的害怕了。

一瞬间,她的好奇心全都消失了,她多么希望能和爸爸妈妈还有哥哥在一起。于是,她立刻转身,快速地跳到小路上。说时迟、那时快,一个棕黄色的身影突然从树下面跳了出来,那是山猫优乐。

尽管水獭妹妹的腿比较短——水獭天生腿短,但她还是使出吃奶的力气跑起来。不过,山猫优乐的腿比她长,跑得也比她快。当水獭妹妹跑到小道上的时候,山猫优乐已经追到了她的身后。

虽然水獭妹妹很害怕，但她不是一个胆小鬼。她突然转过身来，面对着山猫优乐咆哮。

山猫优乐被水獭妹妹这不同寻常的举动吓了一跳，他开始犹豫不决。本来，他希望从她身后扑上去，直接把她扑倒，但他的计划还没来得及实施，水獭妹妹便转过身来。

水獭妹妹几乎成年了，已经有了反抗的能力。但山猫优乐也只是犹豫了片刻，他知道水獭妹妹还年轻，没有经历过打斗，经验不足。所以，为了这顿美味的晚餐，他不介意被水獭妹妹咬上几口，也不介意身上被抓破几个口子。因此，山猫优乐也朝着水獭妹妹咆哮起来。

山猫优乐首先扑了上去，试图抓住水獭妹妹的脖子，不过，水獭妹妹的动作很敏捷。他们在雪地里不停地打斗、翻滚，不停地朝对方咆哮和撕咬。

山猫优乐喜欢躺在地上和其他动物打斗，这样就可以用他那强有力的后腿撕裂与他打斗的动物。水獭妹妹与他们家族中的其他成员一样,能够非常灵敏地翻转身体,所以,山猫优乐的后腿一直伤不到水獭妹妹。

这是一场真正的打斗,水獭妹妹不再有一丝一毫的害怕,她在打斗中表现得很勇敢。但山猫优乐毕竟体型更大,也更强壮,而且经验丰富。渐渐地,固执、粗心、年轻、经验不足的水獭妹妹落了下风。

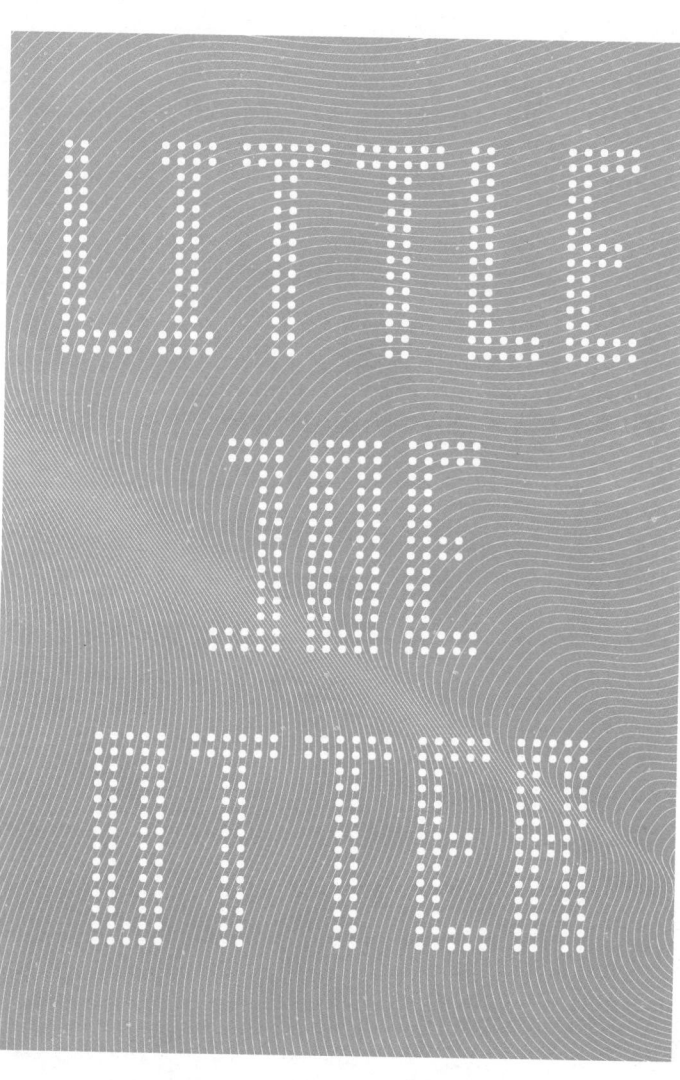

第二十章
乖巧的水獭妹妹

失败不可避免,
智者选择撤退。

年轻的、经验不足的水獭妹妹，与强壮的、经验丰富的山猫优乐打斗的时候，吃亏的必然是水獭妹妹。如果不发生什么意外的话，水獭妹妹很难逃走。

打斗仍在继续，他们在雪地上滚来滚去，互相咆哮，互相撕咬。山猫优乐从来没觉得捕猎这么费劲。突然，山猫优乐放开了水獭妹妹，非常不乐意地，甚至愤怒地咆哮一声，嗖的一下爬到了最近的一棵树上。

原来，在打斗的时候，山猫优乐的耳朵一直竖着，一直注意着小水獭乔和乔夫人靠近的声音。山猫优乐知道，小水獭乔和乔夫人就在不远处，他们一定已经听到了水獭妹妹咆哮和打斗的声音。

山猫优乐爬树的动作非常敏捷，也非常及时。他刚刚爬上树，一脸愤怒的乔夫人就咆哮着出现在了那条小路上，小水獭乔紧紧跟在乔夫人的身后。如果小水獭乔和乔夫人能够成功地夹击山猫优乐的话，恐怕今后的格林森林里不会再有山猫优乐这个家伙儿了。

乔夫人冲过来之后，看都没看山猫优乐爬上的那棵树，急匆匆地冲到水獭妹妹身边，舔了舔她的伤口，试图安慰她。跟所有遇到这种情况的妈妈一样，乔夫人从上到下认真地检查着水獭妹妹，看她的伤是不是很严重。

不过，小水獭乔就不一样了，径直地走到山猫优乐爬上去的那棵树下，朝上看了看之后，便开口恐吓山猫优乐，要他下来。

山猫优乐在树上舔着他那只受伤的爪子，面对小水獭乔的恐吓，他也只是朝下咆哮。山猫优乐这么聪明，怎么可能下去呢。他不从树上下去，小水獭乔也只能朝他咆哮，威胁说日后必定找机会收拾他。

经过一番仔细检查后，乔夫人发现，虽然水獭妹妹的身上有很多伤口，而且她也觉得很疼，但实际上，她并没有什么大碍，也就是说，她的伤势并不严重。

确定了这一情况后，乔夫人便喊小水獭乔离开。小水獭乔遗憾地离开了那棵树，再次带着乔夫人和两个孩子上路了。不过，这一次，乔夫人走在最后面，让两个孩子走在中间，她再不想让他们遇到危险了。

至于水獭妹妹，现在的她特别听话，刚才发生的一切给她上了永生难忘的一课。虽然她浑身疼痛，但她知道这一切都是值得的，而且也知道这一切都是她的固执与好奇导致的。

在路上，她不断地告诫自己："以后我一定要听话！我对格林森林的认识还太少了，比我所认为的要少得多。好疼啊，那家伙的牙齿和爪子好尖利呀。我真的太自以为是啦。"

不过，自我告诫之后，水獭妹妹又开始好奇攻击她的那个家伙是谁了。之前，她想知道树后面的那个家伙是谁，现在，她想知道是谁攻击了她。终于，她找到了一个机会问妈妈："妈妈，攻击我的那个家伙是谁呀？"

乔夫人回答道："那是山猫优乐，他可是格林森林里最狡猾的动物。不过，他从来不敢攻击你爸爸或者我。当时，我真希望我们能够再快一点儿，这样，我们就能好好教训他一顿了。如果我们真的那样做了的话，格林森林里的很多动物都会感谢我们的。"

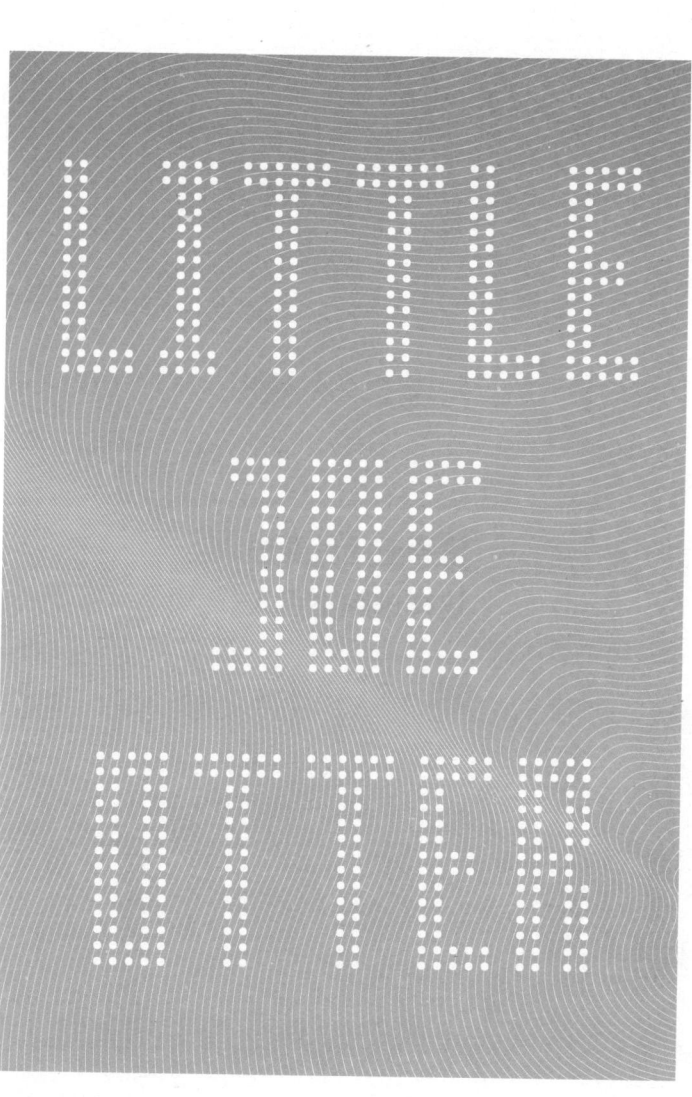

第二十一章
逃命

紧急避险就要逃,
这样逃跑不丢人。

现在，小水獭乔一家已经离哈哈溪很远了，他们正在赶往一处既不结冰又有很多鱼的地方。他们一家一路上留下了很多足迹，结果，一个碰巧经过的猎人发现了这些脚印。

看到那些脚印后，猎人高兴地喊："水獭！"在仔细地观察了那些足迹之后，猎人肯定地说："还不止一只水獭。这些脚印看上去是新的，也就是说，那些水獭还没有走远。从这些足迹来看，他们是朝那个山头走去了。现在，水獭的皮毛很值钱，如果我能追上他们的话，或许可以弄到一两张水獭皮呢。"

猎人四下里看了看，找了一根比较粗的树枝当棍子,然后急匆匆地顺着小水獭乔一家留下的足迹追去。猎人心想:那些水獭走得不会太急的,如果我加快脚步,说不定能在他们发现我之前赶到他们前面。猎人尽可能地加快脚步,同时尽量避免发出声音,以免惊动小水獭乔一家。

小水獭乔、乔夫人和他们的两个孩子很快就要走到池塘边了。这时,小水獭乔听到了一些声音,于是,他停了下来,转过头去,想看看身后发生了什么事情。结果,他看到一个人正在快速地朝他们跑来,立刻认出来那个两条腿的动物是人类,是小水獭乔唯一一个真正害怕的"动物"。

小水獭乔立刻大喊道:"我们得快点儿逃命了!"喊声未落,便开始奔跑起来,在前面带路。

小水獭乔知道,如果那个人追上他们的话,他们必死无疑。同时,他也知道,他们要去的那个池塘就在前方,池塘的尽头就是泉水。池塘的其他地方可能都结冰了——结冰之后,他们无法潜入水中,但有泉水的地方不同,他们可以在那里潜入水中。如果能够赶在猎人追上他们之前跑到那里,并快速地潜入水中,那么他们便可以保住性命了。

虽然小水獭乔用尽了全力在奔跑,但在雪地上,人类的奔跑速度要比水獭快。猎人慢慢地逼近了小水獭乔的一家。幸好那个猎人身上没有带猎枪,不然的话,枪声一响,小水獭乔一家就再也没有机会跑到池塘了。

穿过树林后,小水獭乔一家终于看到了池塘,也看到了池塘上光滑的冰面。于是,他们用力一跳,跳到了冰面上。这时,猎人就在他们身后,距离他们不过几步远。来到冰面上后,小水獭乔在前面开辟道路,两个孩子夹在中间,乔夫人在最后面护着孩子。他们一家在冰面上快速地滑动起来。猎人也追到了冰面上,似乎再走几步就可以抓住落在最后面的乔夫人了。

但到了冰面上之后,水獭滑行的速度比猎人快。水獭们先是用力地跳起,落到冰面上的时候立刻趴下,然后后腿用力地往后蹬,这样一来,便可以快速地在冰面上滑行起来。而那个猎人呢,怎么也无法加快速度。虽然猎人也在很努力地滑冰、很努力地加速,但小水獭乔一家还是越滑越远。

眼见追不上了,猎人便把手里的棍子扔了出去,扔向了乔夫人。不过,乔夫人灵敏地避开了袭来的棍子。一分钟后,小水獭乔一家终于潜入了池塘的水中,逃脱了猎人的追捕,保住了性命。

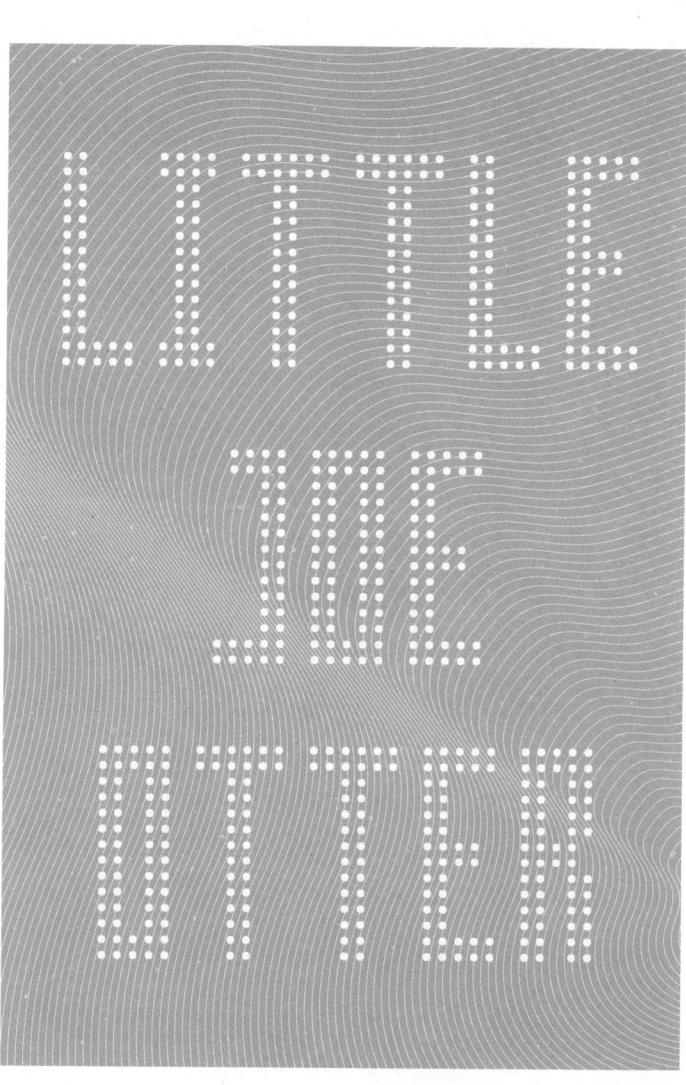

第二十二章
狡猾的猎人

猎人先了解水獭,
再设陷阱。

虽然小水獭乔一家逃脱了猎人的追捕，但那个猎人是不会轻易放弃的。看到小水獭乔一家跳入水中，猎人便停止了追赶。虽然他对自己的表现很失望，一张水獭皮都没有弄到，不过，他并没有放弃。当他停下来之后，说了一句："终于可以喘口气了。"

歇息了一会儿，猎人自言自语道："那几只水獭不会在水里待太久的，他们知道我会在这里等他们，所以，他们一定会趁机逃走的。嗯，我知道他们准备去哪里，他们要去前面那条河面还没有完全结冰的小河，在那里，他们可以抓鱼。嗯，他们应该会在那里待一段时间，所以呢，我可以去那里给他们设置一些陷阱。现在,我得先离开这里,这样他们会以为我已经放弃追捕他们了。当他们放松警惕的时候,我便可以布置一些陷阱了。如果能够弄到两三张水獭皮,这些麻烦根本不算什么。"

因此,猎人直接回家去了,此后的两天里,他没有再去那个池塘。不过,在回家的路上,猎人还是发现了让他高兴的东西。原来呀,他看到一些脚印,那正是小水獭乔一家留下的脚印。沿着脚印,猎人来到了小溪边,心里别提有多高兴了,因为他的猜想得到了验证,小水獭乔一家的确来到了小溪。

在溪边,猎人小心地藏了起来,免得被小水獭乔一家发现。他耐心地等啊等啊,终于看到了一个棕色的脑袋露出水面。继续观察的时候,猎人发现,那个水獭嘴里叼着鱼,游到岸边,爬到了一块大石头上,坐在那里开始吃鱼。

看到这些情况后,猎人窃笑道:"他们果然在这里。嗯，这里的鱼不少，他们应该会在这里待一段时间，我暂时不用担心他们跑掉了。不过，我得先了解一下他们的生活习性，看看他们经常去哪里，最喜欢什么地方。另外，我猜他们肯定会做一个滑梯，那里是一个可以设置陷阱的地方。到时候，我可以把陷阱设置在滑梯最下边。我还得知道他们上岸后喜欢去哪里，再在那里设置个陷阱。或许我可以发现他们睡觉的窝，那又是一个设置陷阱的好地方。我怀疑那两个老水獭能够识别陷阱，要抓住他们估计不太容易，不过，我想我应该可以轻易地抓住那两个小水獭吧。"

所以，在接下来的一周里，这个猎人一直在观察小水獭乔，记住他们经常活动的地方，了解他们的生活习性。在观察的时候，他一直非常谨慎，因为猎人知道，一旦发现了他，他们便会警惕起来。因此，小水獭乔一家还真不知道他就藏在附近。

当猎人觉得已经掌握了小水獭乔一家的生活习性

之后，便做了十几个结实的铁笼子，把它们放置在了自己之前准备设置陷阱的地方。

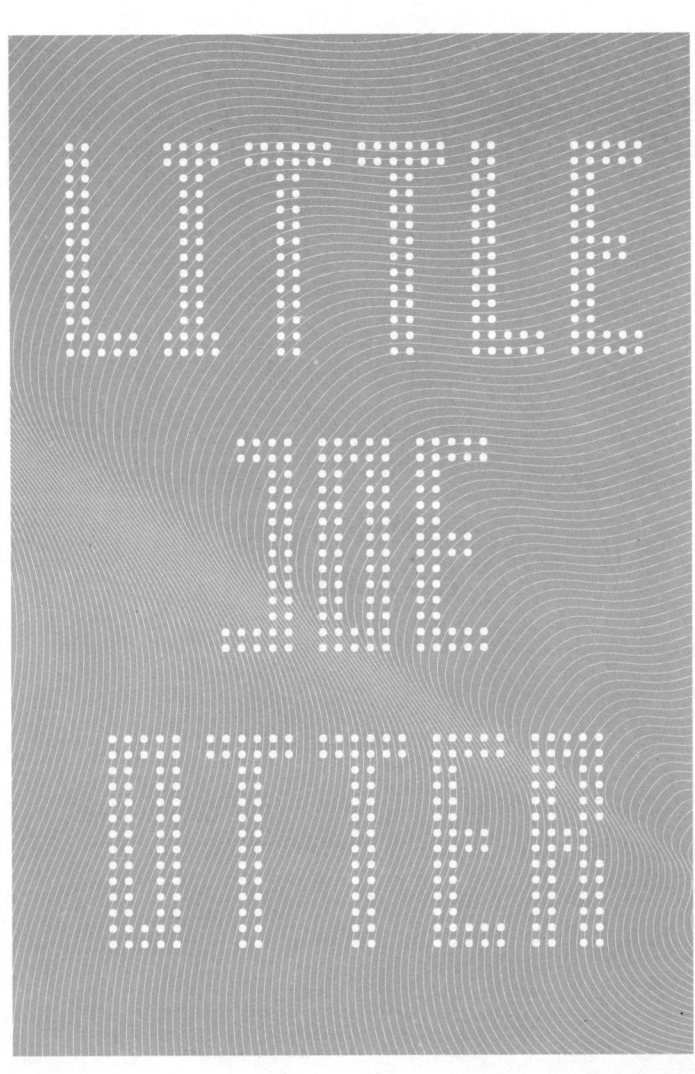

第二十三章
陷阱

不要欺负老实人，
老实人最憨厚。

经过一段时间的调查，猎人已经知道了他想知道的一切。他知道：从水里出来后，水獭们会爬到那个最滑的坡顶上去；如果要去小溪的其他地方，水獭们通常都会从溪水拐弯的地方绕过去；抓到鱼之后，水獭们会游到他们最喜欢的几个地方享用。猎人觉得是时候布置陷阱了。

猎人知道水獭的鼻子特别灵敏，而且很多疑，如果他用双手设置陷阱的话，小水獭乔或乔夫人可能会闻到他留下的气味，从而避开他设置的陷阱。因此，他借助工具把铁笼子放在了之前选好的地方，并小心翼翼地掩饰好。

在设置陷阱前,他首先要确保小水獭乔一家都在水里,否则,他们可能会看到正在设置陷阱的他。

猎人在水獭们玩滑梯的地方设置了第一个陷阱,他觉得,第一只玩滑梯的水獭一定会掉进陷阱的。接着,在小溪的拐弯处,也就是水獭们经常去的地方,又设置了两个陷阱。在把铁笼子放置好之后,猎人还专门在陷阱上面撒了一层雪,做了一些伪装。这样一来,水獭们就很难发现那里的陷阱了。猎人还在水獭们经常去的其他地方设置了几个陷阱。在设置这些陷阱的时候,他并没有在那里放诱饵。最后,猎人在小溪的另一边,也就是水獭们偶尔会去的某个地方,设置了几个陷阱。在这几个陷阱里,每个陷阱中都有一条作为诱饵的鱼。

完成最后一个陷阱的设置之后,猎人满意地说:"好了,终于完成了。如果这样都能让这些水獭逃脱,那么只能说明他们比我想的更聪明。今天是新年的第一天,我想,除非我犯了什么大错误,否则的话,我肯定会有新年惊喜的。"

设置完这些陷阱之后,猎人匆匆离开了。其实,为了避免水獭发现他,他布置陷阱的时候动作很快。他知道,只要小水獭乔或乔夫人看到他,他们就会立刻起疑心。

在确定自己的确没有被发现后,猎人便回去了。走在回家的路上,猎人还在窃喜,他觉得自己实在是太聪明了。一路上,他都在想水獭的皮毛可以卖多少钱。不过,他似乎忽略了一件事,如果某个水獭真的落入了他的陷阱,那么,水獭在挣扎的时候,他的铁笼子便会刮破水獭的皮,这可就糟糕透了。

猎人在设置陷阱的时候,小水獭乔一家又在做什么呢?他们正在睡觉呢。因为不知道猎人的存在,所以,之前那一段时间里,他们一直过得无忧无虑、欢快无比。

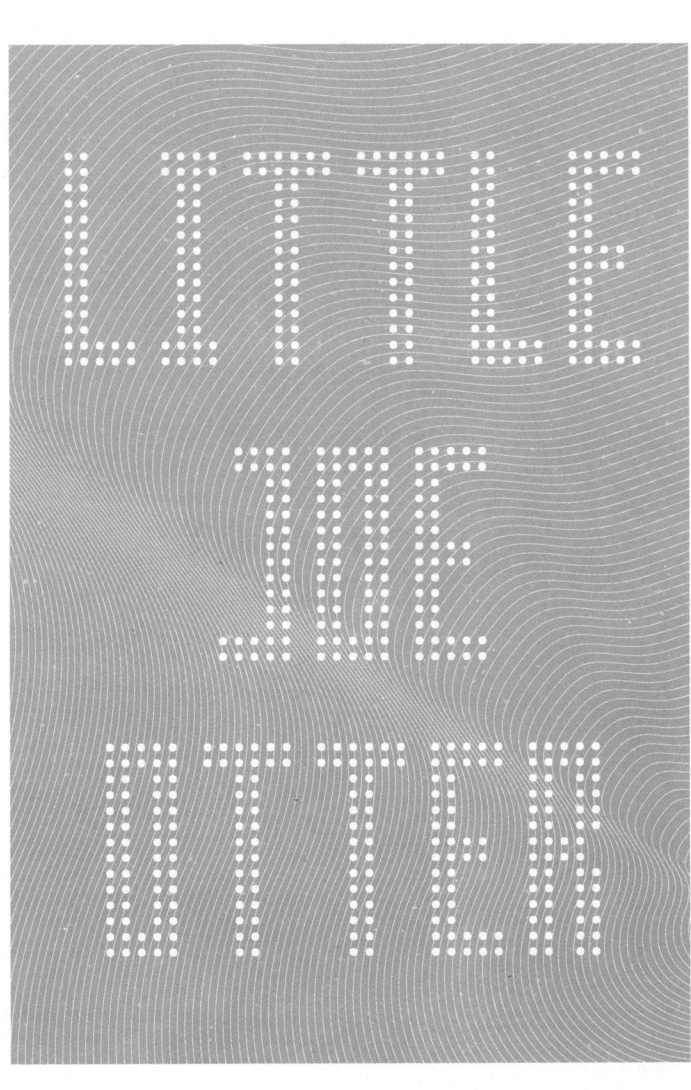

第二十四章
小水獭乔的发现

做个有心人,
困难不降临。

猎人刚刚离开，小水獭乔便醒了。看到乔夫人和两个孩子仍在睡觉，小水獭乔便钻出了他们一家睡觉的地方。出来之后，小水獭乔打了个哈欠，伸了伸懒腰。他发现自己的肚子饿了，想吃鳟鱼，因此便潜入水中。很快，他抓到了一条鳟鱼。嘴里叼着鱼，他径直地向一根圆木游去，那根圆木的一头在水里。那是他最喜欢的地方了，他打算爬上去享用他的美味。

就在他游到那根圆木附近，准备爬上去的时候，心头突然涌上一种不安的感觉。他总觉得有什么地方不对劲儿，得小心一些。于是，他没有立刻爬上圆木，而是转身游到了一块大石头边，爬上那块石头，并把嘴里叼着的鱼放了下来。不知怎么的,他突然没有了胃口,只是久久地注视着那根圆木。

看了很长时间之后,小水獭乔说:"看起来没有什么问题呀,但为什么我却觉得那里不对劲儿呢?大概我得过去看看。"

于是,小水獭乔又游到了那根圆木附近,不过,他仍然没有爬上去,而是留在水中,并用鼻子仔细地闻那里散发出的气味,用眼睛认真地观察那根圆木。

突然,小水獭乔在圆木上发现了一些泥土,这太奇怪了,因为他非常确定,之前那里是没有泥土的。于是,他又开始仔细地查看泥土周围的情况,接着,他发现了一条链子。他轻轻地、小心地拉动那条链子,你猜发生了什么?他居然拉出了一个陷阱。原来,猎人在那个圆木里设置了一个陷阱,并在设置完陷阱之后,又用泥土做了一些掩饰。

随着小水獭乔拉动链子,那个作为陷阱的铁笼子掉进了圆木旁边的水里。听到铁笼子入水的声音，小水獭乔惊叫道："唉！自从发生了被人类追捕的事情之后，我就担心这种情况，没想到它还是发生了。这肯定是那个人设置的陷阱，而且，这附近一定还有他设置的其他陷阱。现在，我得立刻把这个消息告诉我的家人，让他们多加小心。那个人必定观察了我们好久，居然知道我习惯到这个圆木上来。如果真是这样的话，那么，他一定知道我们常去的其他地方。嗯，我们必须找出他设置的其他陷阱。"

就在这时，小水獭乔听到了水花四溅的声音。他急忙回头，看到乔夫人抓到了一条鳟鱼。他立刻把乔夫人叫了过来，给她看了看那个陷阱和设置陷阱的地方，接着问："孩子们呢？"

看到陷阱，乔夫人特别紧张。她回答道："他们在抓鱼呢，我们得马上找到他们。他们从来没有见过陷阱，从来不知道陷阱是怎么回事。哦，亲爱的，我希望在我们找到他们之前,他们不要掉进陷阱里。"

就在他们说话的时候,水獭妹妹爬上了一块石头,不一会儿,水獭哥哥也爬到了另一块石头上。乔夫人和小水獭乔快速地游到了他们身边。看到爸爸妈妈慌里慌张的样子,两个孩子惊讶地停止了吃鱼。

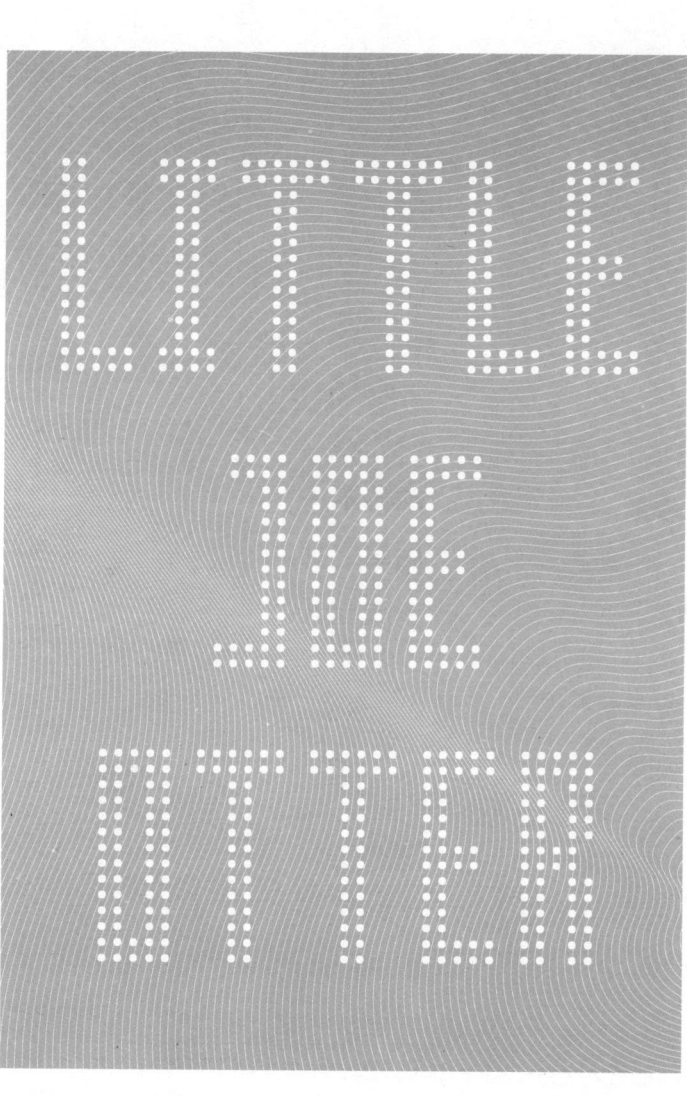

第二十五章
父母的警告

前事不忘,
后事之师。

小水獭乔来到孩子们的身边,当即开口问道:"你们还记得我们来这条小溪的时候,在后面追赶我们的那个人吗?就是那种两条腿的动物。"

孩子们都点了点头,其中一个孩子兴奋地说:"记得记得,我还记得呢。那个家伙可把我吓坏了!"

乔夫人问:"那么,在我们到达这里后,你们有没有看到他呢?"

两个孩子摇了摇头。"没有看到,事实上,我已经忘记那个人了,我猜他根本就不知道我们来到这里啦。"

小水獭乔说:"不,我猜他是知道我们在这里的,而且,他也确实来过了,还设置了许多陷阱。"

一个孩子问:"陷阱是什么?"

小水獭乔给孩子们解释道:"陷阱是个可怕的东西,它藏在我们可能要经过但又不可能看到的地方,而且,一旦掉进了陷阱里,就再也出不来了。"

两个孩子的眼睛瞪得圆圆的,充满了恐惧。其中一个又问:"可是,这一切和那个追我们的人有什么关系呢?"

小水獭乔回答说:"这些陷阱都是他设置的,他设下这些陷阱是为了捕捉我们。如果你掉进了陷阱的话,那么,那个人就会出现并杀了你。"

听完小水獭乔的回答,水獭妹妹追问道:"但你是怎么知道他在这里设了陷阱的呢?"

乔夫人说:"你们的爸爸刚刚发现了一个陷阱,那个陷阱就在你爸爸常去的那根圆木里。我们估计,这附近还有许多陷阱设在了我们常去的地方,所以,现在我们去那些地方都很危险。也就是说,你们不能再玩那个滑梯了，一次也不行。你们还要远离我们爬着上岸去滑梯的那个地方；同时，你们要保证，绝对不会靠近这条小溪拐弯的地方。"

听到乔夫人的话，水獭哥哥似乎特别失望，问道："难道真的不能玩滑梯了吗？如果不能玩滑梯，我们在这里还有什么意思！"

小水獭乔严肃地说："少玩几次总比丢了性命好，而且，我们可以再造一个滑梯呀。另外，你们还要记住一点，那就是不要碰死鱼。"

一个孩子问："为什么？"

"因为对于水獭来说，唯一安全的鱼是活鱼，死鱼周围可能会有陷阱。不管你有多饿，也不管你抓一条鱼有多难，你都不要碰死鱼。如果这里的鱼真的不多了，我们可以再去找其他的河流。好了，现在你们必须记住这两点：第一，不要靠近你们常去的那些地方；第二，不要碰死鱼。"

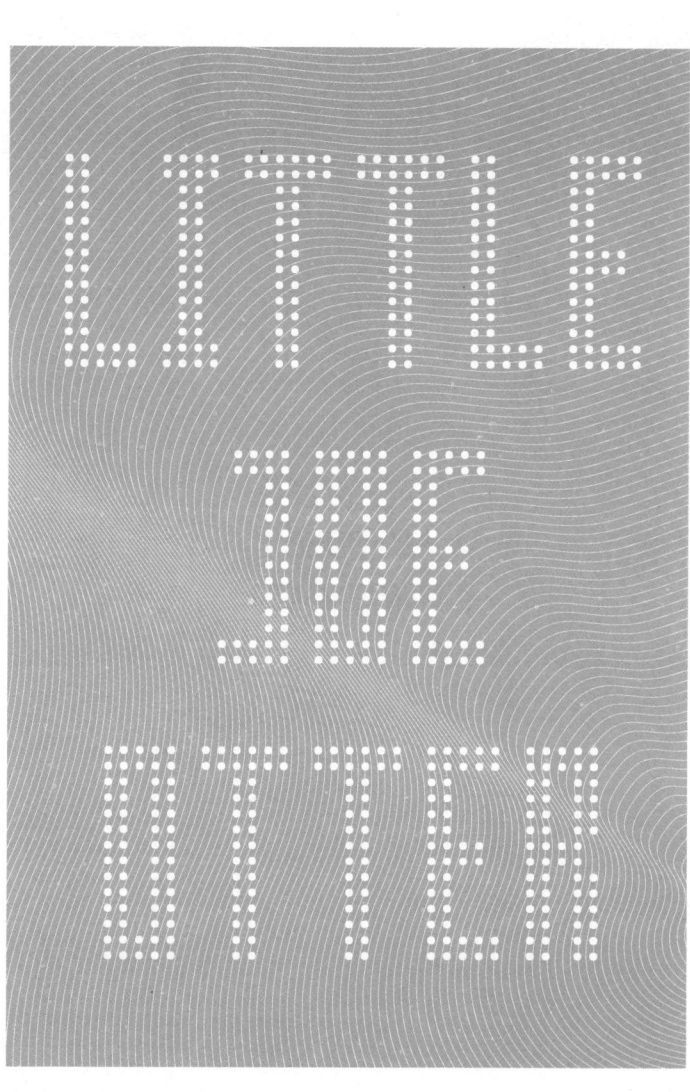

第二十六章
愚蠢的水獭哥哥

大人的话要记牢,
否则麻烦准来到。

小水獭乔带着两个孩子去看了圆木旁边的陷阱，可是，在孩子们的眼中，这个陷阱看起来没什么，根本不像爸爸说的那么可怕。小水獭乔又带着他们来到滑梯附近，他先让孩子们待在安全的地方，然后，认真仔细地查看了一下滑梯四周，并最终在滑梯底部发现了一个陷阱。

小水獭乔指着滑梯底部的陷阱，对他的孩子们说："现在，你们明白我为什么不让你们到这里来玩了吧。其实，之前，我并不知道这里有陷阱，只是怀疑罢了。但现在，我的怀疑已经应验了，而且，我怀疑我警告你们不要去的那些地方都有陷阱。因此，如果你们想要高高兴兴、快快乐乐地活着,就一定要记住我和你妈妈的忠告。"

两个孩子保证说他们绝对不会忘记爸爸妈妈的话。之后,小水獭乔一家便去抓鱼了。当然了,他们没有聚在一起抓鱼,而是分别去了不同的地方。

在找鳟鱼的时候,水獭妹妹一直在思考陷阱的事情。她告诫自己不管遇到什么事情,都要牢记爸爸妈妈的警告,不可因为被诱惑而粗心大意。她至今不会忘记上次的事情,因为自己的粗心大意和任性,差点儿被山猫优乐抓住。

但水獭哥哥不这样想,他没有经历过水獭妹妹那样的事情,所以,当他去抓鳟鱼的时候,完全忘记父母的忠告了。他说:"爸爸妈妈就是想吓唬我们,我觉得,只要那个两条腿的人不在附近,我根本不需要害怕任何事情。对我来说,那些陷阱一点儿也不可怕,如果我把眼睛擦亮,再竖起鼻子仔细地闻周围的气味的话，就能发现陷阱了。嗯，鱼都去哪里了？天啊，我好饿呀！看来我得去更远的地方了，那里的水流更大、更急，所以很少有人去那边捕鱼。因此，那里的鱼一定特别多。"

水獭哥哥游到了那片水域的上游，爬过冰面，来到了另一片水域。他沿着河岸，游到了一个类似树枝围成的围栏边。他记得之前那里并没有那个围栏，所以带着怀疑的眼神看着它，并且在距围栏比较远的安全距离内游泳。突然，他闻到了鱼的味道。很快，他发现围栏的里面有一条肥美的鳟鱼。那是条死鱼，好像被围栏上的树枝卡住了。

水獭哥哥想起了爸爸妈妈说过的"不要接触死鱼"这句话，但他很饿了。他觉得，现成的晚餐摆在眼前不享用，真傻。因此，他在围栏周围游来游去，认真地查看着周围的情况，还凑上去用鼻子闻了又闻。仔细检查之后，他觉得围栏就是一些树枝，没什么危险的。再次闻到鱼的味道后,他忍不住流下了口水。

　　愚蠢的水獭哥哥说:"看起来一点儿危险也没有嘛,无论如何,这里是不会有陷阱了。现在,我要过去吃掉那条鱼。"

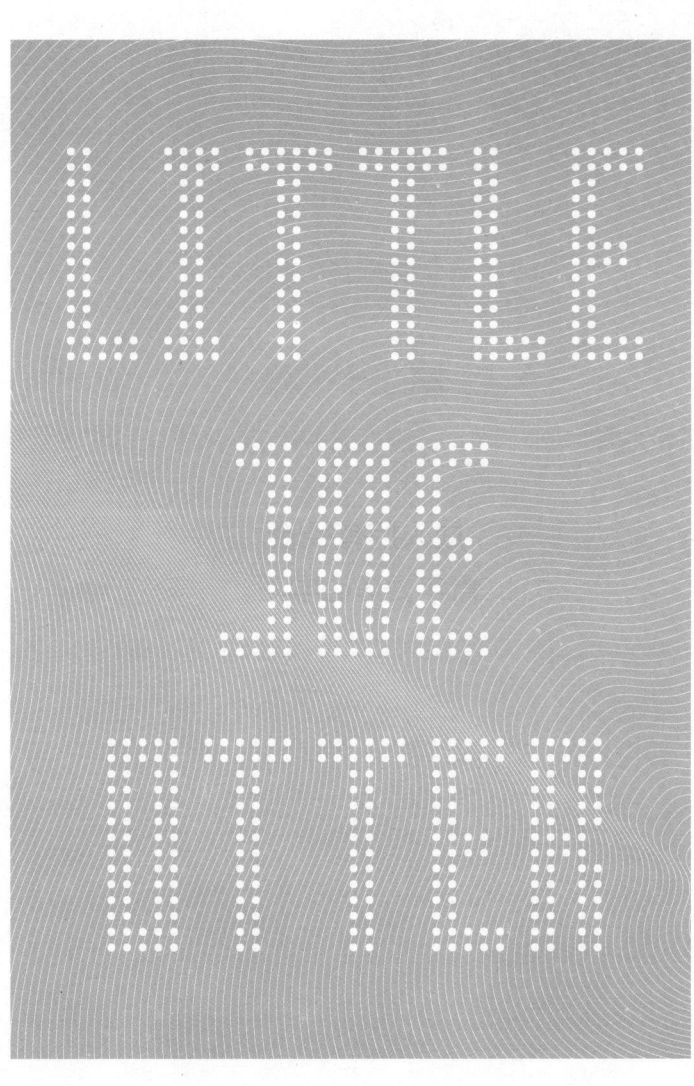

第二十七章
落入陷阱

成人拥有经验，
青年要虚心学习。

在发现了围栏里的那条死鱼后,虽然水獭哥哥记得爸爸小水獭乔的告诫——不要碰死鱼,但他实在太饿了,并且那条死鱼就在眼前。

他自我安慰道:"爸爸妈妈就是想吓唬我们,他们没有意识到我已经长大了,可以照顾自己了。再说了,不久之后,我就要单独去闯荡外面的世界了,那时候,我需要独自做出各种决定。很明显,这条鱼正在等着我,虽然我不知道它怎么出现在这里的,但没有关系呀,一定不会有危险的。如果放弃眼前的这条死鱼,而去费力地抓活鱼,那我岂不是太笨了,会让别人笑话的。"

水獭哥哥向四处瞅了瞅，确定周围没有人类或其他动物之后，便从一个很窄的口子处钻到了围栏里，靠近了那条死鱼。拿到死鱼后，他别提有多高兴了。

但就在这时，意外发生了，有个东西"抓住"了水獭哥哥的脚趾头，他疼得要命。

不过，水獭哥哥心里的恐惧比身体的疼痛更大。他立刻扭动身体，打算潜到深水区。但他的体型比较小，力气也不大，根本无法挣脱抓住他脚趾头的那个东西。

更严重的是，那个东西正在慢慢地下沉，似乎准备把他拖进水里。虽然水獭可以在水下生活很长一段时间，但如果真的被这样拖进水里的话，他将会被淹死。

水獭哥哥努力挣扎。直到现在他也不知道究竟是什么抓住了他。

慢慢地，他不再费力挣扎了，因为他得给自己留点儿呼吸的力气。同时,他那个被夹住的脚趾头特别疼。于是,他不假思索地朝岸边游去。

突然,他发现那个刚才拖他下水的东西不再用力了。他扭过去头去,想看个究竟。他看到了什么呢?原来,夹住他脚趾的是一个铁丝笼子。他立刻认出了这个东西,就在不久前,爸爸小水獭乔让他们看过。

虽然那条死鱼就在眼前,它引诱水獭哥哥进入了这个陷阱。虽然水獭哥哥特别饿,但掉入陷阱后,他完全没有了胃口。对他来说,现在吃不吃东西都无所谓了。

他只想逃离这个可怕的陷阱。他用牙齿咬那个铁笼子,可是完全没有用,他的牙齿根本对付不了铁丝做的笼子。铁笼子始终牢牢地夹着水獭哥哥的脚趾头。

水獭哥哥突然想起了爸爸小水獭乔说过的话:"一旦你掉进了陷阱里,那个可恶的猎人就会很快出现,并杀死落入陷阱中的你。"想到这里,他又开始挣扎了。虽然脚趾头很疼,但他依然用尽全力往外拉。但无论他怎么用力,他的脚趾头依然被铁笼子死死地卡着,挣脱不出来。

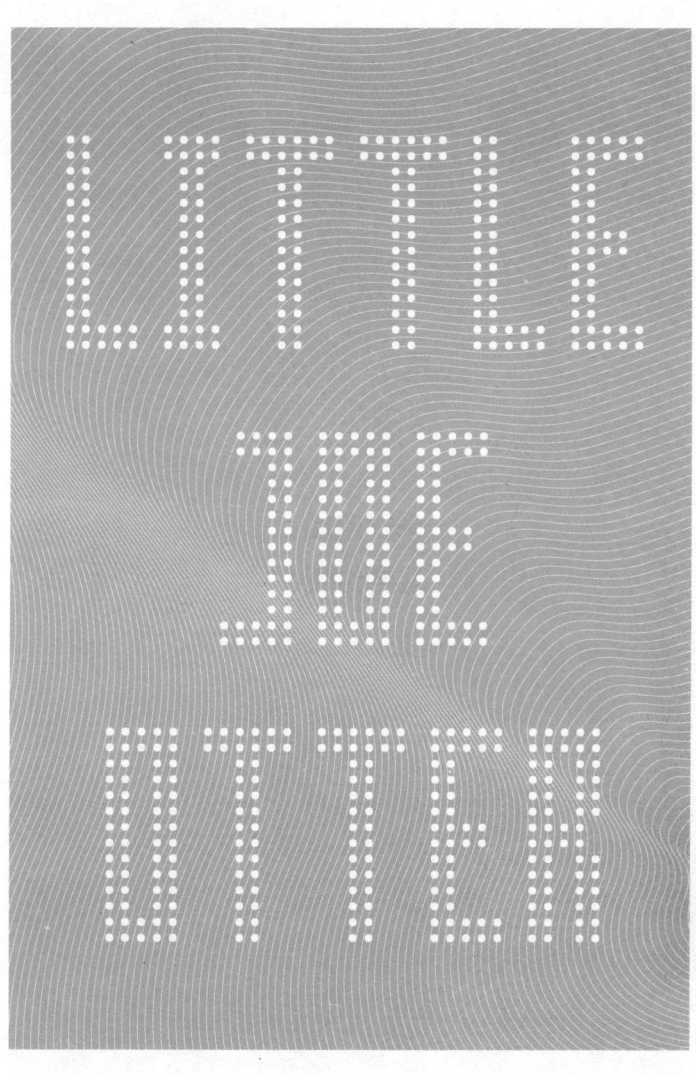

第二十八章
自由的代价

想要自由,
就要付出。

当水獭哥哥意识到自己掉进陷阱里的时候，特别害怕，以致大脑里一片空白，甚至忘记了脚上的疼痛。没有什么比被困在陷阱里更无助和糟糕的了。如果水獭哥哥是被比他体型大一倍的动物抓住的话，至少他还可以勇敢地反抗，但被困在陷阱里，他却一点儿办法也没有。

没过多久，水獭哥哥感觉特别累，只能停下来休息一会儿。他害怕得浑身发抖，只要听到一丁点儿动静，就以为是猎人来了，要杀了他。他多么希望之前能够听爸爸和妈妈的话呀！

水獭哥哥如同笼子里的犯人一样，他非常想弄断固定陷阱的链子，虽然他的牙齿很锋利，但对付不了铁丝和铁链。水獭哥哥想：爸爸妈妈是不是正在想我或正在找我呢？他们能不能想到我的遭遇，能不能找到我呢？

想着想着，他哭了起来。"如果我能脱离这个陷阱的话，以后我一定好好听爸爸妈妈的话。现在，我多么希望爸爸妈妈能来这里找到我呀。或许他们来了，便可以把我救出去了。"

据说，如果内心的愿望足够强烈，祈祷某件事情的时间足够长，你的愿望很可能就会实现。幸运的是，愚蠢的水獭哥哥的愿望真的实现了——他的父亲小水獭乔突然出现了。

原来，在发现儿子没有按时返回之后，小水獭乔便开始担心，并出来寻找他的儿子。

看到儿子落入陷阱，小水獭乔没有责备他，而是尽可能地安慰他。然后，小水獭乔开始认真地研究困住儿子的陷阱,很快,发现那个陷阱只夹住了他儿子的一个脚趾头。

于是,小水獭乔高兴地说:"儿子,你太幸运啦,真是太幸运啦!"

水獭哥哥觉得自己非常倒霉,对爸爸说:"我不觉得我有什么幸运的。"

小水獭乔向他解释道:"那个陷阱只是卡住了你的一个脚趾头,这就是你幸运的地方呀。因为一般情况下,它会卡住动物的整个脚的。如果你真的被它卡住了整个脚的话,那么,基本上没有获救的希望了。但现在,如果你使劲儿地挣扎的话,或许会失去一个脚趾头,但可以挣脱陷阱。"

听完爸爸的解释后,水獭哥哥大哭道:"可是我不想失去脚趾头哇!"

小水獭乔说:"好吧,如果你宁愿丢掉性命,也不愿失去一个脚趾头的话,那么,我也没什么办法帮你了。如果真的想要自由的话,你必须付出代价。你的一个脚趾头,就是你换取自由的代价。"

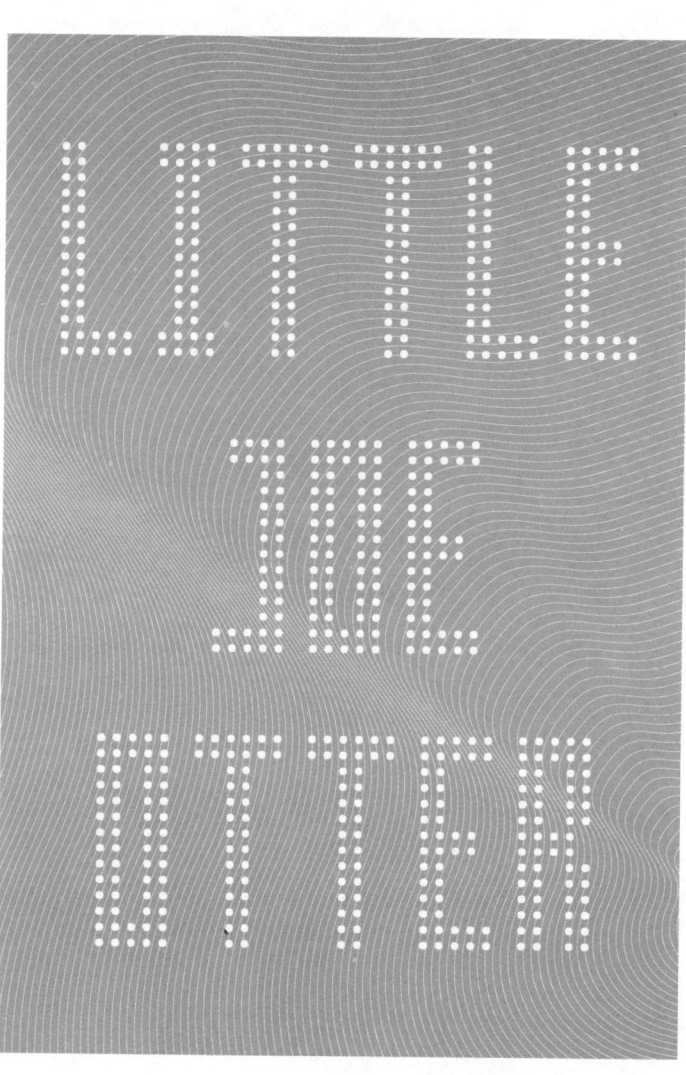

第二十九章
水獭哥哥的决定

有得必有失，
有失必有得。

水獭哥哥非常难过。这就好像他的牙很痛,虽然知道一定要去拔掉这颗蛀牙,但就是想一直拖呀拖呀,直到最后才去拔。

小水獭乔已经告诉他了,想要挣脱陷阱、重获自由,就得牺牲一个脚趾头。同时,小水獭乔也说了,如果他舍不得那个脚趾头的话,那么一定会丢掉性命。

但水獭哥哥就是不想失去他的脚趾头,一遍又一遍地对爸爸说:"我做不了这个决定,对我来说,失去一个脚趾头太可怕了!"

小水獭乔问他:"和丢掉性命相比,丢掉一个脚趾头就这么难吗?"

水獭哥哥反驳道:"或许我不会丢掉性命呢。"

小水獭乔肯定地说:"会的,这是明摆着的事。如果你一直被困在陷阱里的话,我没有办法帮你,你的妈妈也没有办法帮你,其他的动物也没有办法帮你。过一段时间,设置这个陷阱的人就会来查看一下陷阱里面有没有猎物。到那时,他会发现你,必然会杀了你的。如果你真的想要那种结果,我待在这里也没有用了。既然如此,我还不如现在就回到你的妈妈和妹妹身边去。而且,我不知道那个猎人究竟什么时候来,以及他会不会带上猎枪。如果他真的带着猎枪的话,我也会很危险的。因此,我要走了。而你,要么待在这里,要么用力挣扎一下。只要用力挣扎一下,你就可以重新获得自由。"

水獭哥哥还是摇了摇头,眼里满是泪水。他既不能忍受孤独的感觉,又无法下定决心挣扎。虽然他的那个被夹住的脚趾已经麻木了,但他确信,如果他用力挣扎的话，那个脚趾头又会疼痛起来。正是因为害怕那钻心的疼，水獭哥哥才迟迟下不了决心。

突然，小水獭乔说："再见了，我亲爱的孩子。"说完，他便快速地游走了，头也不回。

水獭哥哥不敢相信自己就这么被留下来了。当看到他的爸爸一直向前游啊游，不一会儿的工夫就游远了时，水獭哥哥才明白爸爸刚才说的话。

陷阱中的水獭哥哥突然觉得很孤独，他实在难以忍受这种孤独，便使劲朝着爸爸游去的方向扑去。就这么一用力，他突然挣脱了陷阱。在用力的过程中，他居然没有意识到疼痛。对他来说，可能孤独比疼痛更加强烈和难以忍受吧。

水獭哥哥重获自由了，他是那么快乐。

听到儿子的叫喊声，小水獭乔停了下来，准备等一下他的儿子。他还是挺自豪的，因为他的计划成功了。为了让儿子下定决心，他是假装离去的。

当水獭哥哥来到他的身边时,小水獭乔说:"看来,你已经做出决定了,恭喜你,虽然你失去了一个脚趾头,但重新获得了自由。"

水獭哥哥对着爸爸做了一个鬼脸,这时他才想到,他的脚趾头还在那个陷阱里呢。

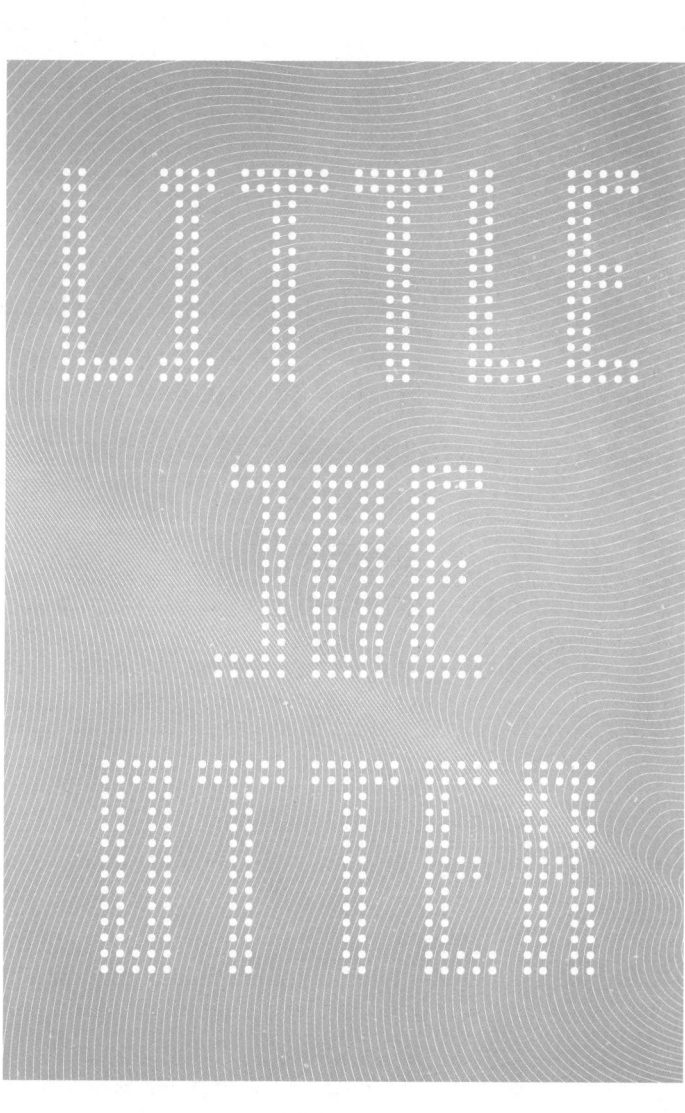

第三十章
小水獭乔一家离开了

贪得无厌,
没了安全。

虽然水獭哥哥把一个脚趾头留在了陷阱里，但重新获得自由的他非常高兴，根本没有把那个失去的脚趾头放在心上。

冷水有利于消肿，而且水獭哥哥的身体很健壮，两三天之后，他的脚就痊愈了。但水獭哥哥永远不会忘记这次经历，他会永远记住这个深刻的教训。以后，他要加倍小心，处处留意，因为他再也不想掉进陷阱里啦。

当猎人来检查陷阱，发现陷阱里多出了一个水獭的脚趾头时，别提有多失望了！他说："估计我再也抓不住那只水獭了，在设置陷阱的时候，我肯定是大意了,不然的话,这个陷阱套住的应该是他的整个脚,而不是一个脚趾头。这下,其他水獭都知道陷阱的存在了。"

接着,猎人看到了一个新的滑梯,他知道小水獭乔一家已经发现了他在之前那个滑梯底部设置的陷阱。虽然他又在新的滑梯底部设置了陷阱,但这一次,他根本没有抱多大的希望。他非常了解小水獭乔和乔夫人在发现危险这方面的本领。猎人自言自语道:"我估计,如果我真想要得到水獭皮的话,只能藏在这里,并找机会朝他们开枪。嗯,明天我就带着猎枪来,再在这里等一天。"

第二天,猎人带着猎枪藏到了那个新滑梯的旁边。他打算一看到水獭就开枪,但他再也没有找到机会——那天,他什么都没有看到。

这是为什么呢?因为小水獭乔一家已经离开了这条小溪,前一天晚上便出发去了大河。

小水獭乔发现了猎人在新滑梯那里设置的陷阱,对乔夫人说:"虽然我不想离开这里,这里的鱼很多,也很美味,恐怕我们很难找到这么适合生活的河流了,但继续留在这里已经不安全了。那个可恶的猎人不会让我们消停的,就在刚才,我在新滑梯的下面又发现了一个陷阱。"

乔夫人回应道:"亲爱的,你说的没错,这些天我害怕得要死,尽管我们处处留心,但还是有个孩子掉进了陷阱里。我认为我们应该趁早离开这里,毕竟安全最重要呀。"

小水獭乔一家再次出发了。这次,地上的积雪已经变硬了,他们既可以走路又可以滑雪,真是其乐无穷啊!这次离开的时候,他们没有在雪地上留下任何足迹——因为积雪变硬了,和上次离开哈哈溪时不一样了。

就这样,小水獭乔一家沿着小溪向大河走去。时不时地,他们会碰到一些河水没有结冰的地方,就停下来休息一会儿,跳进水里抓鱼吃。

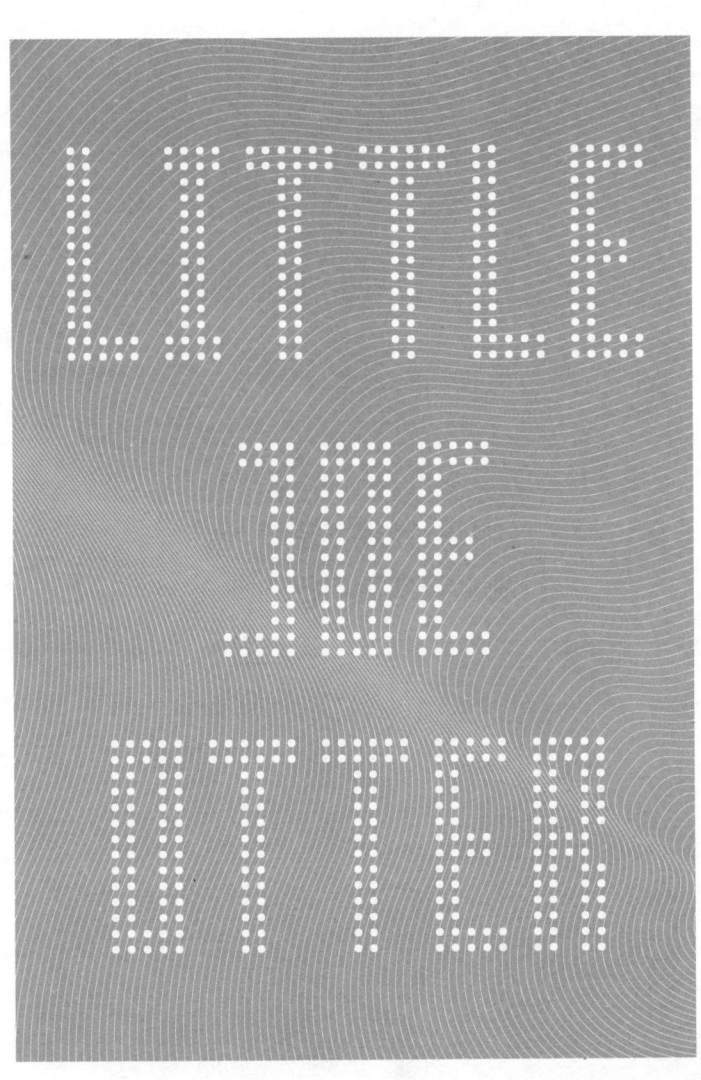

第三十一章
离奇失踪的大鱼

四处炫耀不可取,
搬起石头砸自己的脚。

离开了溪水口,小水獭乔一家一直朝下走去,最终来到了大河。小水獭乔知道,大河的水面是不会被冰封住的,在此之前,他曾不止一次地来过大河。他知道,大河里的鱼非常多,如果没有猎人或者其他天敌的话,他们一家可以在这里快快乐乐、无忧无虑地生活一段时间。

大河附近没有人类居住,两岸全是郁郁葱葱的森林,森林里有温暖舒适、干燥的藏身之处。小水獭乔一家可以在这里一直待到春天,然后顺着大河直下,回到他们出发的地方——哈哈溪。

两个孩子非常喜欢这个地方。这里没有可怕的敌人，无论白天还是晚上，他们都很安全；这里的鱼很多，他们可以轻松地抓到美味的食物，然后到冰面上享用；他们可以探索大河的水下世界，觉得水下世界特别好玩；他们刚来的时候，父母就为他们做了一个滑梯，他们可以随时玩。

一天，水獭哥哥抓到了一条特别大的鱼。他觉得，这条鱼比之前抓到的都大。爬到冰面上的时候，他特别为自己自豪。大河里的鱼非常多，小水獭乔一家可以随时抓到鱼，根本不用担心饿肚子。对于水獭哥哥来说，抓鱼是一种乐趣。

还不太饿的水獭哥哥只是吃掉了他认为最好吃的鱼头部分。当他看到水獭妹妹在滑梯上玩时，便把那条大鱼放在了冰面上，然后游到滑梯那里，准备和水獭妹妹一起玩儿。

来到水獭妹妹的身后，他突然想向妹妹炫耀一番，告诉她自己抓到了一条大鱼，还说妹妹一定没有抓到过这么大的鱼。水獭哥哥一直说个不停，水獭妹妹并不相信他的话，她觉得她的哥哥不可能抓到这么大的鱼。

水獭哥哥说："既然你不相信，那么，我们过去看看吧。让你看看我抓到的那条大鱼，它比你平时抓到的鱼大两倍。"

水獭妹妹回答道："哼，我就是不相信，除非我亲眼看到你说的那条大鱼。"

水獭哥哥说："好吧，那我们过去看看！"说着，便跳到了水里。水獭妹妹也跟着跳到了水里，他们一起游到了水獭哥哥之前放鱼的地方。

"就在这里……"话还没说完，水獭哥哥就说不出话来了，嘴巴张得老大。

水獭妹妹问："在哪呢？鱼在哪儿呢？"

水獭哥哥傻了眼，之前他放鱼的地方根本没有鱼！这到底是怎么回事？水獭哥哥非常确定，他已经把那条鱼杀死了，它不可能自己跳进水里。接着，他用鼻子闻了闻周围的冰面，没有闻到狐狸雷迪或者其他动物的气味。这就奇怪了，那条鱼离奇地消失了。

　　水獭妹妹嘲笑他说："哼，我根本不相信你抓到了大鱼，你肯定是做梦了。如果你真的抓到了一条大鱼的话，那么，它在哪儿呢？"

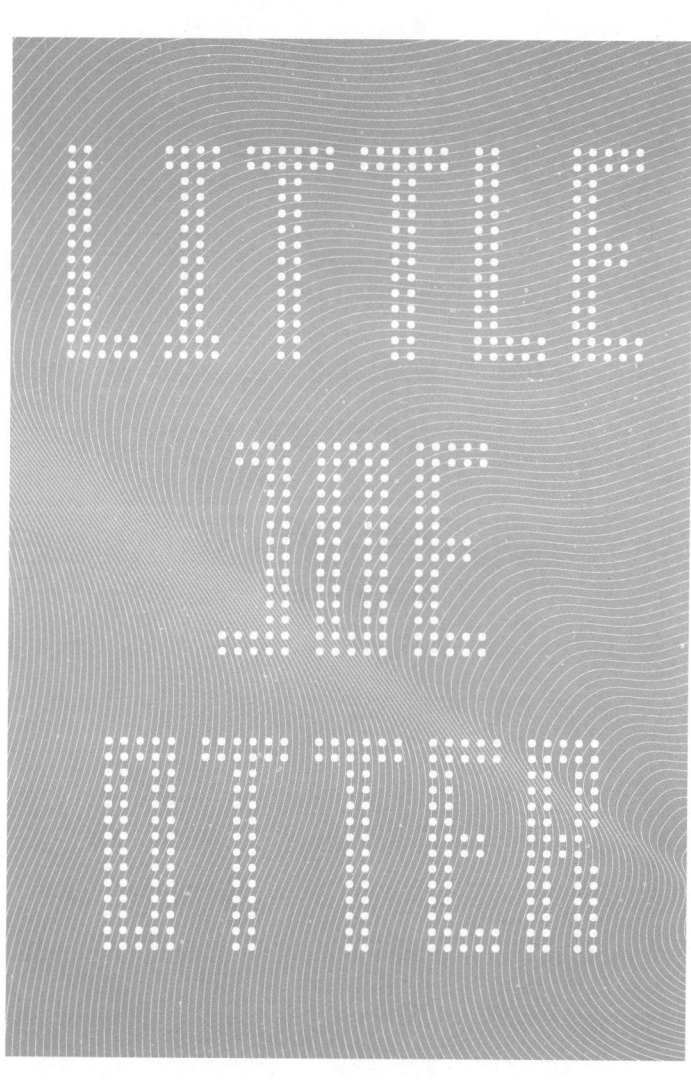

第三十二章
会动的雪堆

不要想当然,
要实事求是。

再也没有比水獭哥哥更困惑的动物了,他抓到的鱼无缘无故地不见了。他非常肯定他杀死了那条鱼,他在鱼头后面咬了两大口,在他离开的那段时间里,那条死鱼是不会自己跳进水里的。而且,他就离开了几分钟,去向水獭妹妹夸口说自己抓到了一条最大的鱼。可是,现在,那条大鱼不见了,消失得无影无踪。

水獭妹妹摇摇头,开口说:"我根本就不相信你抓到了鱼。"

水獭哥哥反驳道:"但我告诉你,我真的抓到了一条大鱼,真的抓到了一条非常大的鱼,我就把它放在这里了。"

水獭妹妹追问道:"那条大鱼呢,它在哪儿?"

水獭哥哥说不出话来了,他多么希望能回答妹妹的问题呀。

他的心里产生了一种很奇怪的感觉:很不舒适、很不自在、很害怕。他也不知道他在害怕什么,但他就是有点儿害怕。当水獭妹妹跳进河里、游回滑梯的时候,他也跟着跳到了河里,游到了滑梯那里。

在玩滑梯的时候,水獭哥哥无法静下心来,他一直在想着那条消失的鱼。而且,水獭妹妹一直在旁边嘲笑他,还说他是吹牛大王。很明显,水獭妹妹不相信自己的哥哥抓到了一条大鱼,这让他更不开心了。

才玩了几分钟滑梯,水獭哥哥再次游回到了他之前放鱼的地方。他爬到冰面上,仔细检查了周围,想看看是否有线索或小偷留下的痕迹。不过,最后,他什么都没有发现。

在那块冰面的不远处,有一个雪堆,至少水獭哥哥认为那是雪堆。因此，他远远地看了雪堆几眼，没有过去仔细检查。他对雪堆不感兴趣，他感兴趣的是那条消失不见的大鱼，这件事太神秘了。水獭哥哥不喜欢神秘的事情，那会使他不安，因此，他快速地离开了冰面。

本来，他想去问问爸爸或妈妈关于那条大鱼消失的事情，但因为担心自己被大家嘲笑，他还是放弃了这个想法。

水獭哥哥刚一离开，那个雪堆也不见了，而且是悄无声息地离开的。啊！那根本不是个雪堆，那也是一只动物呀。如果水獭哥哥能够亲眼看到的话，他就便能猜出是谁偷走他抓到的那条大鱼了。不过他已经离开了，没有看到那个雪堆消失。当他再过来的时候，也没有注意到那个雪堆已经不在那里了。

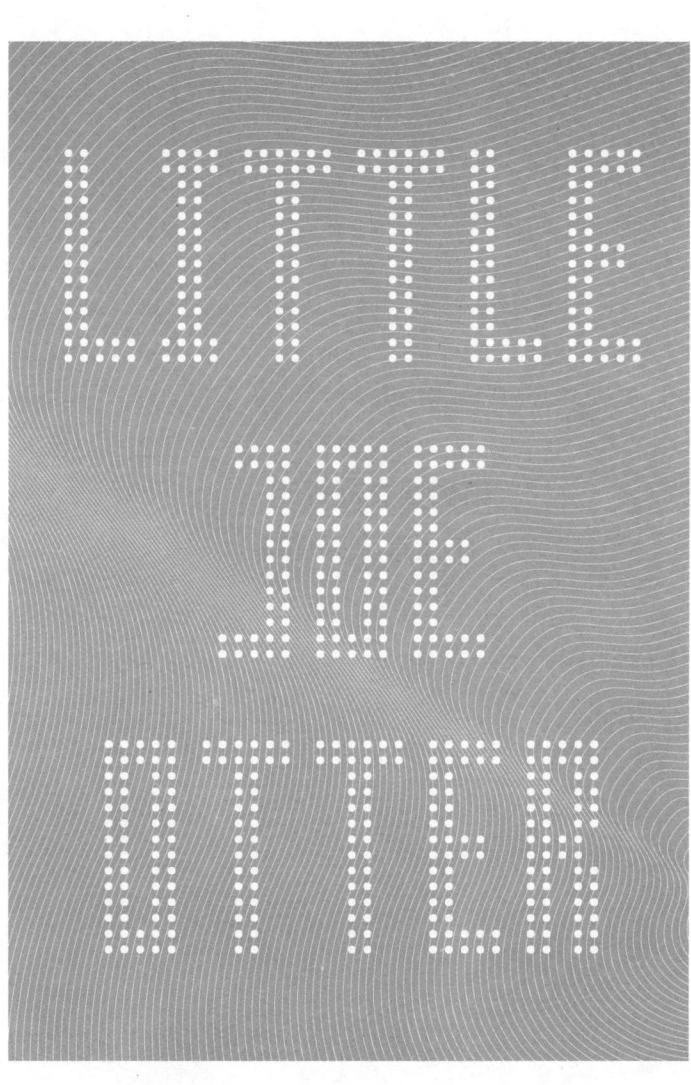

第三十三章
又一条鱼不见了

事情要立刻弄明白,
防止有人来使坏。

每天,格林森林和格林牧场里都会发生很多很多的事情。不过,无论是居住在那里的人类,还是生活在那里的动物们,都不太把那些事情当回事儿。

这不,过了两天,水獭哥哥就忘记了之前那条神秘消失的大鱼。他觉得:"反正我也想不明白那条大鱼究竟是怎么不见的,那么,干脆就不管了吧。我还有好多事情要操心、要去做呢。"

第三天的时候,他又抓到一条鱼,这次,他爬到了距上次放鱼的冰面不远的地方。这次抓到的鱼没有上次抓到的那条大,不过也很不错了。水獭哥哥正好肚子饿了,打算在那里美美地享用。

他刚刚吃了一两口鱼肉,突然发现,附近的水里又出现了一条鱼。他想：如果我能一顿吃两条鱼的话，那就更棒了。于是，他把身边这条刚刚吃了两口的鱼放下，快速地跳入水中，像一条棕色的闪电一样去追水里的那条鱼。

尽管鱼在水里游得很快，但水獭在水里的速度更快，很快，水獭哥哥便抓到了第二条鱼。当他叼着鱼，游回到刚才那个冰面上的时候，他特别开心，毕竟这次他抓到了两条鱼，可以饱餐一顿了。

把第二条鱼放到冰面上，水獭哥哥高兴地自言自语道："我要先吃掉刚才那条没有吃完的鱼。"他突然发现，他抓到的第一条鱼不见了！刚刚放在冰面上的那条鱼消失了，自己的身边只有刚刚抓到的那条鱼。

这一下子，水獭哥哥惊呆了。他把眼睛擦了又擦，揉了又揉，没有再看到之前的那条鱼。他简直无法相信这个事实——他的鱼再次神秘失踪了！

水獭哥哥立刻看了看周围。周围没有任何动物，至少他没有看到什么动物。不过，他又看到了一个小雪堆，那个小雪堆正在他的不远处。接着，水獭哥哥又看了看水里，他想："会不会我刚才在跳入水中的时候，一不小心，把那条死鱼也给带下去了。"可是，水里什么也没有。

这时，他不由自主地想起了之前消失的那条大鱼，现在，又有一条鱼不见了。虽然很不可思议，但事实明摆着啊。这下，水獭哥哥有点儿害怕了。

他说："不知道我刚刚捉住的这条鱼会不会从我的嘴巴下消失呢？如果我能知道这究竟是怎么回事的话，损失两条鱼也没有什么关系。"

说完，他急切地看了看脚下，幸好，鱼还在，于是，他用嘴巴叼住鱼，跳到了水里，朝河岸边游去。到了岸边，他害怕这条鱼也会如之前那两条鱼一样突然消失，所以狼吞虎咽地把鱼吃掉了。

水獭哥哥把最近发生的事情告诉了爸爸小水獭

乔，你能想象到小水獭乔听完之后的反应吗？

小水獭乔问："你真的想知道是怎么回事吗？"

水獭哥哥说："当然啦！但我觉得应该没有人能想明白这是怎么回事吧。"

听完儿子的回答之后，小水獭乔的眼睛眨巴得比以前更厉害了。他说："好吧，孩子，我们一起去抓鱼吧。"

于是，小水獭乔父子俩便去抓鱼了，并且各自抓住了一条鱼。小水獭乔说："儿子，你带着你的鱼上岸，在吃鱼的时候，你的眼睛要一直盯着我的鱼。"

水獭哥哥按照爸爸的要求去了岸边，小水獭乔则爬到他的儿子两次丢鱼的地方。他把鱼放在了冰面上，然后转身跳进了水里，准备游到儿子的身边。

水獭哥哥看到，当小水獭乔还在水中的时候，一只白色的大鸟不知道从哪里突然出现了。这只鸟的翅膀特别大，只见他快速地叼起了那条鱼，飞到不远处。

当那只鸟落下来后，水獭哥哥发现，那只鸟静止不动时看起来根本不像鸟，反而像个雪堆。这只鸟看起来太像白雪堆了，所以之前，水獭哥哥才忽略了他。当时，他明明看到了那只像雪堆一样的鸟，却没把那个"雪堆"当回事儿。

知道真相后，水獭哥哥的眼珠都快要蹦出来了，他惊讶得不知道该说什么好。

小水獭乔眨巴着眼睛来到了儿子身边，开口说："好了，儿子，你看到了什么？"

"我看到你的鱼不见了。现在，我知道我的鱼都去哪儿了，你看到那边那个像雪堆一样的东西了吗？"

小水獭乔哈哈大笑："我当然看见了，我们刚到这里的时候，我就发现他了。我不仅看见了他，还知道他叫雪鹰怀蒂，来自北极。另外，我估计，他非常喜欢吃鱼。"